ヒロシマの夜打つ太鼓

広渡常敏戯曲集

影書房

『蜃気楼の見える町』

『蜃気楼の見える町』
高野修吉（伊藤克）

『蜃気楼の見える町』

『蜃気楼の見える町』
六郎太（尾崎太郎）

『蜃気楼の見える町』
麦子（風吹可奈）

『蜃気楼の見える町』
田村（公家義徳）

『蜃気楼の見える町』
圭子（折林悠）

『蜃気楼の見える町』
衿子（久我あゆみ）

『音楽劇　消えた海賊』

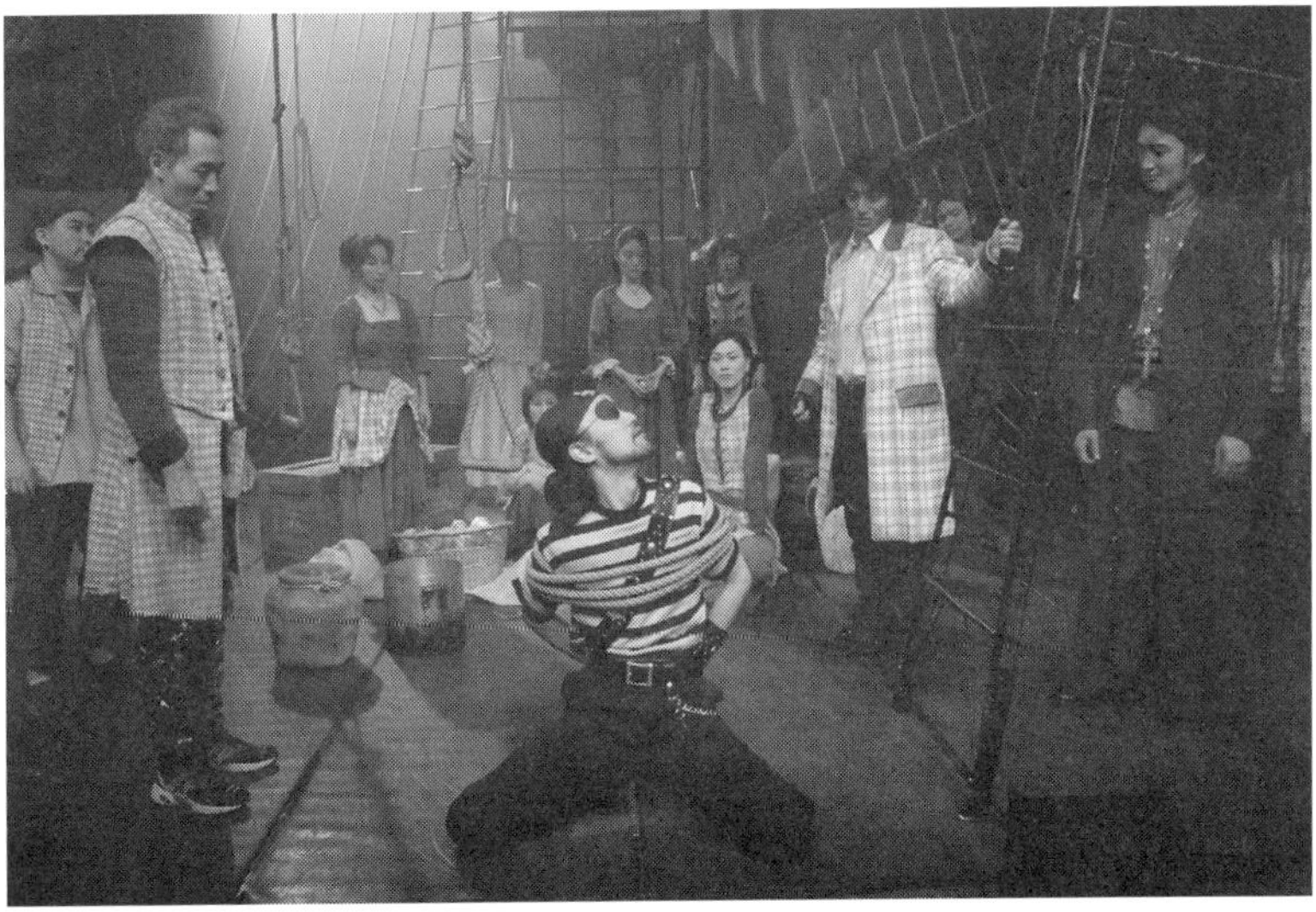

『音楽劇　消えた海賊』

『音楽劇　消えた海賊』

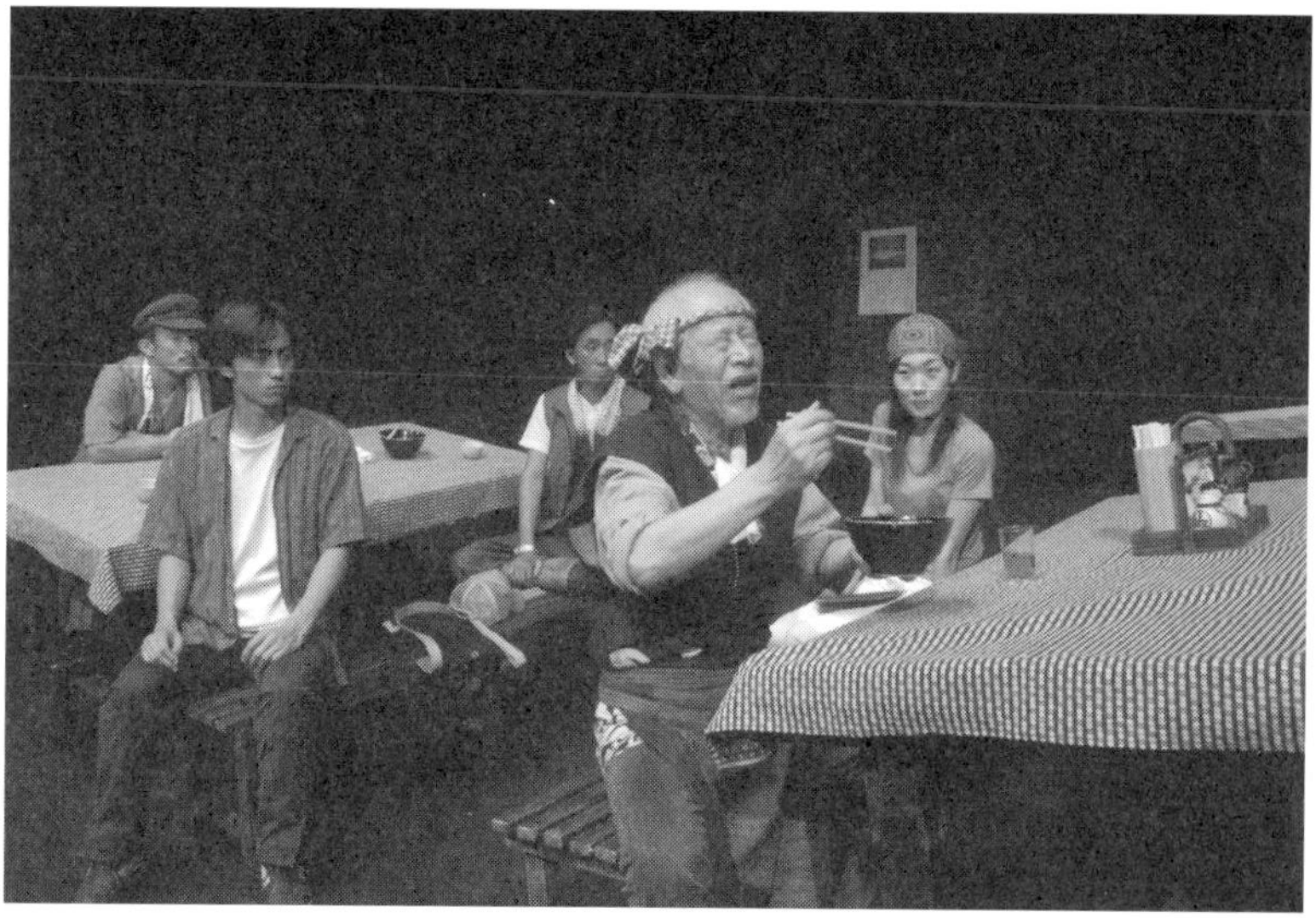

『ヒロシマの夜打つ太鼓』

『ヒロシマの夜打つ太鼓』
宇品海岸の近藤芳美歌碑「陸軍桟橋とここを呼ばれて還らぬ死に兵ら発ちにき記憶をば継げ」

『ヒロシマの夜打つ太鼓』

『ヒロシマの夜打つ太鼓』

目次

写真＝高岩　震

蜃気楼の見える町

登場する人々

裏辻圭佑　瑞泉寺住職
　梨枝　その妻
　圭子　その娘
　六郎太　その息子
高野修吉　梨枝の父親
田村　高校の教師
衿子　女学院の音楽教師（城崎姓）
今日子　生徒
由美　生徒
有馬　学生
今井　学生
麦子　ある少女（宗方姓）

日本海、富山湾に面した町。
現代。

I　渓谷にかかった吊り橋

深い谷に葛橋の吊り橋がかかっている。
渓流の音。
そして風――
圭子と田村がくる。

圭子　ああ、いい風……。谷を吹きあげてくるんだ。
田村　帽子とばされないように。
圭子　高い吊り橋はいまにも断《き》れそう。でもこのみちをゆくしかないんだわ。
田村　葛《かずら》につかまって。
圭子　大丈夫よ、この谷川に落っこちたってかまやしないとあたしは思ってるの。
田村　ぼくはいやだよ。でもいい眺めだから圭子さんと一緒なら、落っこちてもいいか。
圭子　ほんと？
田村　ああ。でもちょっとウソも混っているか。
圭子　（笑う）……。
田村　ほんのちょっとだけだウソは。

間――

圭子　あたしもちょっと……ウソが混ってるけど。

田村　言ってみたいんだね、そんなことが。

圭子　意地わるで偏屈だけれど、田村さんと歩くのたのしいわ。それに五月の風って最高ね。風の中であたしは自由よ、じぶんの信じられる生きかたを生きるの。

田村　それはいい、かもしれない。

圭子　……？

田村　そんなふうに思うのはきみの勝手だが、吹けば飛ぶようなものだ。

圭子　あら。どうして？

田村　どうしてでも。

圭子　いいわ、あたしなんか吹けば飛ぶようなものよ。田村さんは離れの部屋で意地わるな皮肉を考えてるのね。数学の先生ってみんな、ふしぎなことを言うのかしら。

田村　圭子さんだって絵筆をにぎってカンバスに、なにかふしぎな絵を描いている。鶏のトサカみたいなものや風船みたいなものや。

圭子　あたしの絵、ふしぎ？

田村　ふしぎだ。部屋をノッシノッシと歩きまわる姿も、ふしぎ。

圭子　いいわ。田村さんなんかここから谷川へ落っこちるといい。

間――

田村　圭子さんはいつもいつもカンバスにむかって絵を描いている。だが……わたしは圭子であると、圭子さんは言えるだろうか。

圭子　言えるわ、あたし、圭子よ。

田村　にんげんはにんげんの未来であると言った人がある。

圭子　知ってます。サルトルでしょう。

田村　だとすると、つまり……

圭子　つまりなんてことば、嫌い。

田村　つまりはヌキにして、圭子は圭子の未来であるとすると、いまの圭子さんはまだ圭子ではない、ということにならないですか？

圭子　まだわたしではない……どういうことなの？

田村　まだわたしは圭子であると言えない、なにか、なにものか……。

圭子　なにものか、田村さんは？

田村　まだ田村ではない、吹けば飛ぶようななにか。

圭子　田村さんも？

田村　そうだよ。わたしはわたしだと言えないんだ。じぶんに欠けているもの、不足しているものがある。紙の上にエンピツを走らせながら、ぼくがこれから見つけ出さなければならんものが、あるという気がする。

圭子　あたしに欠けているもの、まだ無いものがある……そんなこと、カンバスにむかうとたくさん感じるわ。でもあたしは自由に、精一杯、ちゃんと生きるの。

田村　ちゃんとか、それはいい。

圭子　あたしをバカにしてる。

田村　尊敬してる。バカになんかするものか。だけど自由に生きると言うけど、ぼくらには自由なんかないんだ。

圭子　あたしに自由は無いの？　いろいろ制約はあるけれど、あたしが言ってるのは精神の自由よ。

田村　精神の自由なんか無いんだ。圭子さんだけじゃない、ぼくだけじゃない、人はみな自由なんか無いんだ。

圭子　どういうこと……？

田村　たとえばぼくがなにか、意見を持つとする。たとえば川を大切に、水を綺麗にしようとか、女性は男本位の世の中で差別されているとか。そうだな……人類の歴史が二〇〇〇年なのか五〇〇〇年なのか知らないが、八〇〇〇年か、主人がいて奴隷がいるという関係を変えることができてない。いまも世界は主人がいてその下で奴隷が喘いでいるという状態を変えることができないままだ、人類はまだ歴史をつくることができない有史以前のままだ……なんて言ったとしても、それはぼくの意見とは言えないんだ。誰かの言ったこと、何かの本で読んだことなんだ。こどもの頃からの教育、新聞やテレビからの影響の中に埋もれているだけ。自由ではない。

圭子　それでいいのよ、いろいろの意見や情報から選択しているんだから、そうじゃないこと？

田村　ベーコンエッグにオレンジジュース、ハムエッグにグレープフルーツ、それとも納豆に味噌汁にアジのひらきか……朝めしのメニューは揃っている、その中から選ぶだけ。それを自由と言えるだろうか、どうです？

圭子　どうすればいいの？

田村　どうしようもないんだ。
圭子　朝ごはんのテーブルをひっくり返せばいいのよ。
田村　それだって、いわゆる革命思想からの借りものなんだ。自由な意見とは言えない。ぼくはそう思うな。
圭子　自由というものがあたしたちに無いとして、どう生きればいいの？
田村　流されるだけ、世の中の流れに漂うだけ。
圭子　意地わるね、田村さん。
田村　ぼくの意地わるの意見もぼくのものじゃない、誰かからの借りものの考えかたなんだ。
圭子　こんないい眺めのなかで、こんな意地わるな話をすることないと思うけど……。
田村　気温を測ったり、海の水温を測ったりしながら……
圭子　こんなことを考えてらっしゃるの？　借りものじゃない田村さんの、独りだけの考えはないのかしら。
田村　圭子さんのことを、ああいいなと思っていることかな。
圭子　あら。(間) あたしの知らないところで、誰か知らない人が、圭子を好きだと思ってくれるかもしれないわ。
田村　そりゃそうだ、アハハ。
　　　間――
圭子　世の中の流れに流されない生きかた、ないのかしら？
田村　あると思う。

圭子　ある？
田村　ぼくらをとりまいている世界からぼくらは影響され、そのなかを漂流しているようなものだけれど、じぶんが影響を受けている根本（ねもと）をつきとめる自由が、ぼくらにはある。じぶんを探しだす自由はぼくらにあるんだ。ぼくがまだぼくではないとして、ぼくを探しだす自由……
圭子　そんなこと考えて蜃気楼の観測をしてるの？
田村　まあそうだが……
圭子　そうかあ……だったらこの吊り橋から谷底へ落っこちてなんかいられない。
田村　そうだよ、これからだよ。
圭子　田村さんもよ。

Ⅱ　瑞泉寺の広間

海を見おろす小高い丘の中腹にあるお寺の広間に、六郎太と今日子、由美。
扇風機が廻っている――

六郎太　きみたち、なんだい？　きょうレコードコンサートなのかい？
今日子　いいえ、そうじゃないの。
六郎太　そう。（歩き廻る）事件だよ。事件だよ。
由美　なによ、六郎太さん。
六郎太　思ってもみろよ、真夏の真っ昼間だよ、といっても北陸のこんな夏じゃない、南紀の大島だ、ここは串本むかいは大島のあの島だ。あの島だといってもきみたちにわからんだろう、行ったことないんだから。
今日子　いいから早くおっしゃいよ本題を。
六郎太　ま、待ってくれ、この話は導入部が大事なんだ。まっぴるま、人っ子ひとり見あたらない低い軒を連ねた露地を、潮風が吹きぬけていくんだ。死んだように村は眠っている。太陽が真上から照りつけている。朝まだき、というより真夜中に漁に出ていった舟が昼まえに沖から帰ってきて、舟つき場の水揚げが村じゅう総出で修羅場のように賑わったが、今はこの小さな村が深い眠りに落ちている。黒潮が洗う島のまっぴるま、狭い露地の外れを黒い猫がいっぴき通りぬけた。その猫が大きなサバをくわえていたと言えばウソくさい気がするかしらんが、その時だよぼくがその女を見たのは！　純白のドレスが風に吹きちぎられそうだ、その人はツバの広い帽子を両手で抑えて身を屈めるように歩いた。スカートを翻えしてと言えば少女小説の描写になるが、実際にそうなんだから仕方がない。その人の名は言えない。その女の人は、いや女などじゃない、女というより少女だ。いや少女というのは狼にぱくっと食われる、だからあの人は少女なんかじゃないんだ、きみたちだって少女といわれるといい気はしないだろう？　でも女と呼ばれたいかい、どうなんだ。

今日子　だから名前を言えばいいのよ六郎太さん。

六郎太　そうだろうが名前がわからないんだ。

今日子　聞けばよかったのよ、その人に。

六郎太　見ず知らずの人に声をかけるのか？

今日子　そうよ。（由美に）ねえ。

六郎太　見ず知らずの人に声をかけるの？　そうはいかないよ、そんなことできるか。

今日子　だって見ず知らずじゃなくて、見てるんでしょうが。

六郎太　できないなおれ、声をかける理由ないもん。

今日子　だってあるんでしょう理由。

六郎太　あんまり衝撃的な出会いで理由なんか見つからんのだ。

由美　ほんとは六郎太さん、知ってるんでしょうその人の名を？　声をかけたんでしょう？

六郎太　ダメなんだ、声なんかかけられんのだ。

今日子　わからない、なにが言いたいの？　衝撃的な出会いとおっしゃるけど、なにも出会ってないみたい。いつ、どこで、どのように、誰と誰が出会ったか、ちゃんとおっしゃいよ。

由美　いつどこでだけはわかるけど。
六郎太　きみたち新聞部はそんなことだからダメなんだ。人になにかを伝えようとしか考えない。
今日子　あたしたちの新聞が読者になにかを伝えようとしないとしたら、なにをするの？
六郎太　新聞を作っている人間の生きかただよ、それをヌキになにかを伝えようとするからつまらない。
由美　新聞は客観的でなくちゃいけないのよ。
六郎太　客観的？　なんだい客観的って？
由美　だって……
六郎太　だってもダチョウもあるもんか。人間、どうして客観的になれる？　客観的で公正であれというのはブルジョワの言い分だよ。生活は戦いであり祝祭でありだよ。おれたち戦っているんじゃないのか？
今日子　なにと戦っているの？
六郎太　……。なにものかに対してだよ。
今日子　なにものか？　思わせぶりなこと言わないでちゃんと言うものよ。
六郎太　思わせぶりじゃないよ、大事なことだぞ。じぶん自身に対して。そして世界に対して。しかもそれがなにか、なんだか、わからないでいるんだ、おれたちは。
由美　六郎太さんが串本のむかいの大島で見かけた、その女の人だか少女だか知らないけれどその人が、なにものか……ちっともわからないわ。六郎太さん、なにを言いたいの？　どんな事件なのよ。
今日子　そうよ、祝祭性だかなんだか知らないけれど。

六郎太　おれのなかであの人の印象が燃えているんだ。
今日子　わかるわよ、スカートが翻っているんでしょう、つまらない。
由美　その人、六郎太さんになんの関わりもないみたい。
六郎太　どうしようもないじゃないか、あの人は巡航船にひらりと跳び乗って……巡航船というのはフェリーのことだ、その船に飛び乗って行ってしまったのだ。
今日子　いやだ、つけて行ったのね。
六郎太　あの人の残像がおれをしめつける。
今日子　よしよし、わかる。一目惚れの話だけど、平凡。ちっとも面白くないわ。
六郎太　面白くないか。
由美　残像かあ……。
今日子　一目惚れならなんとかするものよ、残像なんてひねりまわしている場合じゃないわ、六郎太さん。
六郎太　悲しいよ、いたたまれないよ、きみはおれをバカにしている。あの瞬間に灼きついたイメージが、つぎの瞬間に消える。もうどこにもいない。
由美　巡航船だかの中にいるのよ。
六郎太　どこにもいないが、おれの中に灼きついている！

梨枝がお茶を運んでくる。

梨枝　なにをまくしたてているの六郎太。（今日子と由美に）城崎先生、すぐいらっしゃるそうよ、いま、お電話で。新聞の打合せですって、大変ね夏休みなのに。

六郎太　どうせくだらないんだ、この連中の新聞。
梨枝　くだらなかないそうじゃありませんか、田村さんがホメてらしったわ、あなたたちの女学院新聞のこと。
由美　あら。
今日子　うれしい。
六郎太　田村さんのことになるときみたち、眼の色変えるけどそんなにいいかなあ、あの離れの先生。あの数学の先生の哲学論議。
今日子　最高よ。
由美　六郎太さんもステキだけど。
六郎太　うちの姉キが参ってるんだ。
今日子　シナリオライターはすぐそうね、男と女の関係に持ち込むの。
由美　（梨枝に）六郎太さんが恋に落ちたんですって、ある見知らぬ人と。
梨枝　あら、また。いつもそうなのこの人。
由美　その人の名は言えないんですって、ね、六郎太さん。
六郎太　ところがある日、明智小五郎の犯罪推理の中にあの人の名が浮かぶ。
由美　だってその人の名はわからないんでしょう？
六郎太　そうか。
今日子　明智探偵は古いんじゃない？
六郎太　ポアロだ、エルキュール……

今日子　それも古い。
六郎太　こち亀の両津……
今日子　バカ。
梨枝　ホホホ……ごゆっくり。なにかおいしいもの作りましょうね。（去る）

間──

六郎太　（ややあって）おれの言うことわかってるじゃないか、わからんというけど。
由美　見知らぬ人と恋に落ちたのでしょう、わかるわよ。
六郎太　わかってくれればいいんだ。
今日子　恋って相手の人との関係でしょう？　関わりがなんにもなくて恋なんて言えるかしら。片想いというのもお粗末。
六郎太　お粗末だろうと恋は恋だよ。
今日子　独断。身勝手。
由美　それ、六郎太さんの専売特許なのよ。
六郎太　にんげんは片想いなんだ。関係など流行のことばをきみは口にするが、相手次第でどうこうというのは関係じゃないんだ。女と男が見合いみたいなことをやって、趣味はどうの何色が好きですかだの稼ぎはどのくらいだの……そんなものでにんげんの関係が作られてはかなわないよ。あの人がぼくの心の中に生れる。ぼくが戦慄する。戦慄があの人を創り出す。あの人はぼくの作品だ。言っておくが戦慄することは人間の最高の働きだとゲーテは言ったんだぞ。作品としてのあの人とおれとの距離、それこそが関係というものだよ。恋愛は作品を創ることだと思わないか？

今日子　違うとおもうな。
六郎太　どう違うんだ。
今日子　作品だかなんだか知らないけど、それは六郎太さんなの。ご自分に身近なところで創るのは作品じゃないの。距離とおっしゃるけどその人は遠い遠い遠いの、問題にならない。六郎太さんの独りよがり。戦慄ではなくてただの独りよがり。祝祭性とまったく別のことよ。
六郎太　それもそうだな。
由美　あら、すなお。
六郎太　独りよがりといわれりゃそれまでだが、おれはだなあ、忘れられないんだ。
今日子　その人は……あの人でもいいのよ、六郎太さんの思いも及ばない、もっとステキな人かも知れないんだ、その人の前で六郎太さんが爆破されるかしれないんだ。そう思わない？　その人を……あの人でもいいのよ、六郎太さんの身近なところへ引き寄せないでほしいな。これまでの自分を爆破するようなものに遭遇すること、それが経験というものじゃなくって？　女との出会いがなんの経験にもならないのなら、恋でもなんでもないの。六郎太さんはただのロマンチスト、自己中心主義。
六郎太　そういうことになるか、残念無念。
由美　すなおなのね。
今日子　でも頼りない。
六郎太　その人の名は言えないが、でもおれが戦慄したのはほんとだ。爆破されたよ、こっぱみじん。
今日子　ちょっと大袈裟ね。

圭子が修吉をつれてくる。

圭子　このお部屋はみんなが集まる所なの。レコードのコンサートもこの広間でひらくの。（今日子と由美に）高野です、あたしの祖父で学校の先生だったの。今は退職して独り。この春から上の山楼《さんろう》に来てるの。
今日子　こんにちは小父さま。
由美　お邪魔してます。
修吉　小父さまは嬉しいね、わたしにはおじいさまに聞えるが。（六郎太に）物騒なことを言っとるなあ、こっぱみじんだの爆破だの。
圭子　（今日子たちに）田村先生は？　離れにいらっしゃらないけど。
今日子　伝馬船で沖に漕ぎ出して、海水温度の測定です。
由美　あとでいらっしゃるそうです、城崎先生、そう言ってた。
圭子　おじいさんが田村先生のお話、うかがいたいんですって。
修吉　いや……蜃気楼のことでね。
圭子　それじゃね。（去る）
修吉　なぜどうしてこの海に蜃気楼が出るかということだが、これまで長いことわたしが信じていたことをひっくり返すような新説を、田村先生が発表なさるということだね？　きみたちも知ってるんだろう？
今日子　ええ、まあ。でも発表までにはもっと調べなければならないことが残っているらしいですよ。
六郎太　蜃気楼に田村さんはとりつかれているんだ。
修吉　立《たて》山連峰、それから北アルプスの雪がだよ、一〇〇年も一五〇年もの時間をかけて地下の岩盤をしみ通り、地下水となって海の底から湧き出る。冷たい海水に冷やされた下のほうの空気と、暖かい上の空気との境い目の層が、春の空に蜃気楼を浮かびあがらせる。そのように信じてきたんだ。考えてもごらん、一〇〇年もの時間をかけて地下をしみわたる立山の水のことを。その水が海の上に蜃気楼を浮かびあがらせる。アルプスの山々は三〇〇〇メートル、富山湾の一〇〇〇メートルの深海、これを地下で水がつないでいるんだ。蜃気楼は出現してはうたかたのように消える幻かもしれないが、わたしには深い精神的な意味を秘めているように思われるんだよ。精神は見えない自然であり、自然は見える精神だというじゃないか。

六郎太　自然は見える精神……精神は見えない自然……（考えている）

修吉　蜃気楼がにんげんに語りかけているようではないか六郎太くん、人生にとって大切なことを。蜃気楼は幻のように風景を浮かびあがらせる。地上が空に、宙に浮きあがる。地上にへばりついて現実的になってしまうわれわれの前にだ。にんげんは過ぎ去った過去を忘却から蘇えらせることができる。蜃気楼ははかないといって済ますことのできない事実だよ。わたしたちが見る夢は、空想と違って事実だ。蜃気楼という幻がわたし、この老人の過去を、そしてこれからの未来を引き出してくれる、これも事実だ。これまでに地上で実現されたものは歴史として残るだろうが、歴史として残っているものにくらべると、夢として、幻として消えていったものは遙かに重いんだとわたしは考えているんだがねえ、諸君はどうかねえ、そうではないかね？　ところがだよ、田村さんが……田村さんと一緒に観測をやっている漁師の青年に聞いたことだが、蜃気楼は偶然の風まかせで出現するというんだそうだ。長い時間をかけて地下をくぐりぬけた水によるのではなく、岬の上を吹きわたってくる風が海に吹きこむと、偶然に、ちょっとした偶然によって出現するということらしい。

六郎太　そうなんだ、幻はある日突然なんだ。
修吉　六郎太は偶然を信じるんだな。
六郎太　ある日風が吹くと幻が浮かぶ。ぼくは信じられますよ。
由美　風に翻える少女のように、でしょう六郎太さん。でも幻ではないのよあれは。
今日子　小父さまの話、感動的だわ。わかるわ。ただの偶然じゃないのよきっと。そうでしょう？
修吉　そこなんだがねえ……ただの偶然か、ただならぬ偶然か。（今日子に）きみは面白いことをいうなあ。
今日子　ハプニングは特別なんでしょう？　いつも起るのはハプニングじゃないもの。
修吉　そうかあ……そうだな。
六郎太　その時ぼくは戦慄するんだ。なにかがこみあげてくる。
修吉　わたしが上の山楼から海を眺める。町の瓦屋根が光っている、美しい家並だ、あの屋根屋根の下に人々の暮らしがある。そのむこうに海がひろがっている。三角波が消えて海がベタ凪ぎになる。わたしは山楼をかけ降りて海辺へ走る。煙突や工場の建て物やビルが空に立ち並ぶ、宙に浮いている……これは蜃気楼という自然現象だけのことではないとわたしは思っている。偶然というものは恐ろしくさえあるんだ。わたしは今日は朝っぱらから胸騒ぎがしている、得体のしれない興奮に襲われて、上から降りて来たんだが……。年寄りがしゃべりまくってちょっとヘンだと諸君は思っているだろうが、じぶんでも驚いているんだ。（間）六郎太、きみはハプニングに戦慄すると言ったが、いいことだ。もの書きになろうとしているんだ、それなしにはものは書けないだろうよ、たぶんな。実をいえばわたしには忘れることのできない思い出がある。思い出というよりもっとラジカルな、心の洞穴に巣喰っているようなものだが、他人さまには話したことがないんだが……。

六郎太　学校の先生やっていた時も？

修吉　小学校で話すようなことでもないし、校長をつとめた間も、職員の先生がたにも話さなかったんだがねえ……

今日子　（由美に目くばせして）それ、録音してもいい？

修吉　いや、まだ思いあぐねていることだから、とてもちゃんとは喋れないよ。気のきいた即興のスピーチをするためには、少なくとも三週間以上の準備が必要だとマーク・トウェインさんは言ってるんだからねえ。

衿子が来る。田村と学生たち、有馬と今井もやってくる。

衿子　おそくなってごめんなさい、波止場で田村さんたちに会ったものだから。（修吉に）先生、お変りなくていいわ。

修吉　お変りありだよ。

衿子　あら。（笑う）

修吉　朝っぱらから気負い立っているんだ、なぜだかね。

衿子　お元気ね。

修吉　上の山楼で独り暮しをはじめたら、なぜかしらんが頑固になっていくようだ。

衿子　ますますですか、昔から頑固な先生でしたわ。

田村　降りて来たのですか、上のほうが涼しいでしょうに。

修吉　風は海から吹いてくるという、昔の歌を思い出すね。

衿子　その歌、あたし知ってますわ。
修吉　ほう、古い昔の映画だよ。戦時中の。（田村に）どうですか蜃気楼の研究？
田村　城崎先生に催促されているんですが、なかなか、まだまだです。
衿子　（修吉に）高野先生、女学院の新聞で蜃気楼の特集を考えていますの。
修吉　音楽の教師が新聞部の顧問か。
衿子　この町に住んでいて蜃気楼を眺めてよくわかっているつもりですけど、ただ眺めるだけでほんとのところ自然まかせで、蜃気楼の正体についてなにも知らないんでしょう、それで田村先生にお願いしているの。
田村　海水温度の測定をやっているんです。有馬くん、今井くんが手伝ってくれていますがなかなか手に負えません。昼間は海風《うみかぜ》が陸地《おか》へむかって吹く、そうです風は海から吹いてくる、ですよ。夜になるとこんどは陸地《おか》から海へむかって吹くんです。それに潮の流れが複雑です、この湾内の潮流は気紛れといいたいほどよく変るんです。半島が海につき出ているからでしょうか。伝馬船で沖へ出てあちこちで水温を測るんですが、捉えどころがありません。人工衛星にアクセスして海面温度の変化を測ってもらおうと考えているんですが……ただ言えることは、この湾の水温はよその海に較べて、必ずしも低くないんです。
修吉　ほう……冷たくない。そうですか。
田村　残念ながらそれはありません。ですが蜃気楼の現象がなぜ出現するかについて、最終的な判断をするところには、まだいってないんです。これまでに科学的に調査研究されたことがなく、かなり勝手に推測して言い伝えられたところがあります。

修吉　なるほど、そうですか。わたしなども勝手な推測派だな。
六郎太　勝手な推測派かしらんけれど、おじいちゃんの蜃気楼論おもしろいよ。
衿子　あら、そうですの？
今日子　心に沁みるお話。
由美　思いがこもっているんです。
田村　是非おうかがいしたいです。
修吉　なあに、ちょっとした思い入れだ。常識の奥にあるものというやつを、年をとると考えるんだよ。
田村　常識の奥にあるものか……。それをぼくらもやろうとしているんだ。
今日子　心に沁みるといったけれど、つけ加えます。蜃気楼を眺める人のことです。それはただの眺め、ただの景色ではなくて、人々の過去を呼び出すということなの。そして人々は新しい夢とか憧れを描く。そんなお話でした。（間）あたし、感じるんですけど……時間の流れが一瞬、停る、という気がします。田村先生、どうなんですか？　蜃気楼は時間の流れを停止させて、過去と未来を、いまという瞬間に、吹き出させる。こんなことを考えましたけど。
田村　城崎さん、今日子くんは凄い哲学者ですな。
今日子　あらあらあら、哲学者になっちゃった。
衿子　今日子、いまのこと新聞に書きなさい。よくって。
今日子　たいへん。
六郎太　時間が停る。息をのむ瞬間があるのに、時計の秒針はかまわずに進んでいる。
田村　時は流れるという常識の奥にわけ入っていくと、こういうことになるんだ。城崎さん、ピアノを弾きながらもこんなことが起るんでしょう？

衿子　あたしのピアノではまだまだ。でも上達するとね……。音楽の時間は速くなったり遅くなったりしますでしょう。それから何秒か前の、そうね過去になったものが再び蘇ったりしますから。

六郎太　（修吉に）人間は過ぎ去った過去を……なんでしたっけ、あ、そうだ……蘇らせると言いましたよね、蜃気楼の話で。（田村や衿子たちに）いまね、おじいちゃんがこれまで誰にも喋ったことのないという話を、ぼくら聞こうとしていたところだよ。ラジカルな話らしいんだ。

有馬　ラジカルな話ですか？

修吉　いやあ……ラジカルというのは心の底のほうの、洞穴に巣喰っているということだがね、まあ、今日はやめておこう。もっと考えなくてはならんことでね。そんなことよりもきみたちの新聞の打ち合せを始めてくれよ、わたしは上へ退散するよ。

衿子　先生、もうさっきから、わたしたちの新聞の打ち合せですわ。（今日子と由美に）ね、そうでしょう？

今日子と由美が眼を輝やかせている。
梨枝と圭子が料理のお膳を運んでくる。住職の裏辻圭佑も来る。

梨枝　たいしたものじゃないのよ、でもみなさんお腹を空かしていらっしゃるから、きっとおいしいわ。今井くんからイサキが届きました。

圭子　おかあさんはそう言うけど、ほんとにおいしいんだから。

圭佑　（修吉に）久しぶりという工合ですなあ。上の山楼に籠ってしまわれて、なかなかお会いできません。

修吉　なに、老人の独り暮しを楽しんでいるだけ。気ままなね。

圭佑　チベット仏教の高僧のようですよ、まるで、冥想に入ってらっしゃるみたいですからなあ。（衿子のほうに）城崎先生、蜃気楼のことを新聞でとりあげるそうですな、圭子から聞きましたよ。双葉女学院の新聞は町でも評判だ。（修吉に）夏休み中でもこうして活動しとるんですからなあ。

修吉　さっきから感心しとるんです。

圭佑　蜃気楼は仏教では乾闥婆城《ケンダツバジョウ》といいましてな、難しい字が当てられとりますがサンスクリットのガンダルバの漢字訳です。乾闥婆王《ケンダツバオー》という仏さまは衆俗の音楽、いまのポップスといっちゃ叱られるかしらんですが、ミュージシャンです。この仏さまはめしを食わず酒を飲まず、もっぱら香り、匂いですな、香りを常食とする夜叉であるわけだが、この人が蜃気楼の幻をつくり出すといわれとります。

衿子　おもしろいわ、仏さまが蜃気楼をおつくりになるのね。

圭子　それにミュージシャンよ衿子。あなたはクラシックだけど。

田村　めしを食わず、酒を飲まずというところが意味深ですな。香りというのは物質には違いないが、形而上学的だよ。

今日子　その仏さま、どこにいらっしゃるんですか？　どこにゆけば拝めます？

圭佑　京都の三十三間堂のなかにおわします。

今井　田村さん、海水温度はやめにして京都に行かんですか。

有馬　めしを食わず酒を飲まずというのがどうもねえ。

梨枝　香りだけを常食にして、あたし、ダイエットするの。

Ⅲ　瑞泉寺の山楼

高野修吉の独り住居である。
田村と衿子が訪ねてきている。

修吉　さにずらうかの日の面影とどめたる鏡にむかいし背の淋しくて……
衿子　恋の歌だわ。先生、いまも短歌はお続けになってるの？
修吉　どうかね？
衿子　さにずらう……かの日の面影……とどめたる鏡……にむかいし背の淋しくて。この方、だれ？
修吉　昔、別れた恋人を思い出して作ったんだよ。
田村　さにずらう、というのは？
衿子　少女に係る枕詞ですよね先生。薄べにさした、ということね。少女だった頃の面影が鏡に映っている。
修吉　この歌、まだ師匠の選を通ってないから、公表できないんだがね。
衿子　あら。先生の先生がありますの？
修吉　師事している。
衿子　こっそりよ、どなたこの女のかた？　背中が淋しいのね。
修吉が笑っている。
修吉　（やがて）シベリアでの捕虜暮らしは苛酷な酷寒の地での強制労働だった。たくさんの戦友が死んでいった。わたしは生きて復員した。だから他人さまには言えないんだが、シベリア抑留の捕虜生活でほんとうにすばらしい体験をしたんだよ。二〇才になるかならない時分の三年間あまり……ラザレートの体験は輝やきに満ちたものだった。この歌は女の人ではのうて、その体験をいま、思い起しているんだが……なに相聞歌ととられたっていい、仮空のだがねえ。

田村　ラザレートというのは？

修吉　日本軍捕虜のための中間野戦病院のことです。捕虜に病人が続出するのでソ連側が病院をつくることになって、捕虜の中の軍医、看護卒などでラザレートを運営したのです。病院長も日本人の捕虜側から出たのです。宗方さんという人でした。

衿子　先生がシベリア抑留から帰還されたことは伺っていましたけど。

田村　シベリアは……どこですか？

修吉　ウラン・ウデといってもピンとこないだろうが、バイカル湖の東側のブリヤート自治共和国で、ソ連邦の国です。

田村　バイカル湖の東ですか、外蒙古のウランバートルのずっと北ですね。

修吉　ザバイカリアの地だ。

衿子　バイカル湖ならうすうすわかります。

修吉　南北六〇〇キロ、大阪東京の距離だが、そのバイカル湖の南のつけ根にあるのがイルクーツク、ナロードニキが流刑された町です。ロシアの作家のチェーホフもイルクーツクから渡し舟で、ウラン・ウデにやって来たということだった。バイカル湖には何万年かの間に淡水魚となった鮭がいて、とてもうまいんだ。このウラン・ウデのラザレートが蜃気楼を眺めて浮かびあがってきたので、田村さんと衿子さんに打ち明けようという気になったのです。

衿子　さっきの短歌ね、それが。

修吉　ラザレートの暮しが蜃気楼のように、くりかえし思い出されるんですなあ。（衿子に）きみのところの生徒さんが言ったように、あの娘はスゴイね……時は流れて過去は過去になってしまって、過去の事実として一般化されるかもしれんが、わたしにはこのいまに、いま、そしていま、といったふうに、いまに浮かびあがり、なにかをつきつける……過去が過去にならない、過去の呼びかけに、いまが立ち止る。あの娘さんの言ったとおりだ。

田村　この間おっしゃったことですね。精神は見えない自然で自然は見える精神だということですね。

修吉　そういうことです、蜃気楼を眺めながらラザレートの体験がその後今日までの、わたしの生涯を支えていることに思い至ります。そしてあれはなんだったのか改めて考えました。ラザレートはたまたまそこに集められた捕虜が運営した病院だが、どうしてなぜあんな心暖まる楽しいことになったんだろうとね。乏しい食料ときびしい使役作業のなかで、五〇年も昔のことだから美化して思うのかもしれんが、ほんとうにすばらしい体験をしたんですなあ、もしかしたらこれをユートピアというのじゃないかと二〇才そこそこのわたしは思ったほどでしたよ。ボイラーの釜焚きのおっさんは玄ちゃんといって、浅草の破れ傘一家の人だがその玄ちゃんの心意気の暖かいこと、まさかボイラーの傍にいるからというわけじゃないんだ。日本軍将校は満州で捕虜になっても行李三個を所持していいのです。兵隊は一個だけだが。ラザレートは旧軍隊の階級章を外したのです。看護兵も料理番も掃除夫の係りも意気投合、この病院の食事はなかなかマゴコロがこもっているってんで、それは評判をとりました。風呂だって燃やす材木が無くなっても玄ちゃんの才覚で、ちゃんとお湯が出る。ところでラザレートではない外の収容棟の将校で、帝国大学の哲学を専攻したという人がね、一年半もたっても関東軍から持ち出した羊カンを、一人こっそり噛っていた、なんてのもあるがラザレートではそんな甘いもの、病人に出してやる。

圭子と今日子、由美がくる。

圭子　おじいちゃん、氷あずきよ。

修吉　金時というんだこれ。ありがとうよ。なんだかラザレートの気分だ。いま羊カンのこと話していたところだ。

今日子　ヨーカン、どうしたの？

衿子　こっそり一人で食べているの。

修吉　アハハ！

由美　ヨーカン、無いわ？

みんな、わけのわからない者も大笑いになる。

修吉　捕虜の中からずいぶん多くの精神障害が出る。満州で置きざりの家族のこと、母のこと女房のこと、こどものこと……それでいろんな症状が発症する。もちろん栄養失調、強制労働の疲労も。ラザレートは作業ノルマの変更をソ連当局に提出して、そりゃ強い談判をしましたよ。院長が九州の人で容赦なく強いんだ交渉が。（笑う）

田村　シベリア抑留中の反軍闘争とかの話は聞いているんですが、違うもんだなあ。

修吉　よその収容所のことはよく知りませんが、ソ連側の洗脳工作とか早く帰されたいという気持とか、いろいろでしょうな。われわれもコーラスを歌ったり、演芸会をやったりしました。

圭子　おじいちゃんのこんな話、はじめてよあたし。

衿子　すごく面白いの。

修吉　ひどい栄養失調で退院になっても体力がつくまでと、病院勤務をさせた安さんが色っぽいものがたりを書いたので、みんなで廻し読みをしたんだ。きわどい色っぽさが受けてねえ。その安さん、二作目、三作目となるにつれて、だんだん文芸的になっていく。感心しましたよ。

圭子　ご自身はどんなことしたの？

修吉　こっちは師範学校の出だから、オルガンなら弾けるんだ。ウラン・ウデの町の教会が一台、寄附してくれましたよ。ラザレートでみんなが心をひらいた。それぞれがじぶんの特技を持ちよった。出世の心配がなく給料があがるわけもない。人間が生きるのはこんなに屈託がなく、思いつきや工夫の能力を発揮するのを、わたしはまのあたりにした。帰国送還でラザレートは消滅したわけだが、復員して小学校の教員の職にありついたが、その後ずうっとあのラザレートに後押しされているといった按配でしてな、だから蜃気楼というものは決してはかなくはないんだ。いま、わたしがここにいるいまは、あのラザレートの過去からすれば未来だからね。

田村　そうですね、いまは過去における未来です。過去がいまに吹き出してくる。（今日子に）きみが言ったとおりだよ、な。

修吉　ラザレートは偶然につくり出された、というより、かもし出されたんだが、なぜだろう、どうしてだろう？

田村　仏さまが幻をつくっていないとすれば、蜃気楼という現象は自然発生するんですが、だがいくつかの偶然がある時重ならなければ発生しない。ぼくらの観測の仕事はたくさんの偶然をつきとめることです。
修吉　ウラン・ウデのラザレートがただの偶然につくり出されたのじゃないのだな。(今日子に)ただならぬ偶然というのは、偶然をよりあわせてかもし出すなにかが、そこで発生したんだ。
今日子　そのなにかは、なんですか？
修吉　病院の院長の宗方さんの柔軟なやりかたと人柄だろうが、どうもそれだけじゃなかった。
衿子　いい病院をつくろうという、人々の仲間意識じゃないでしょうか。わたしたちの学院新聞だって仲間意識がなければダメです。
圭子　衿子は学生時代から仲間意識の人だったけれど、あたしも仲間の一人だったに違いないけれど、仲間意識はほんとのこと言えば好きじゃなかった。
衿子　だって……仲間意識がなくてなにかがつくり出せると思う？
圭子　わからない。衿子は双葉学院で音楽の授業をして、新聞部の顧問を受け持っている。家の中で一人でボヤボヤ、ノッシノッシ、絵を描いているあたしは意見をいう立場にないけれど……いいものをつくろうというのは悪くないけど、いいものってなにかわかっているの？
衿子　だからそれを仲間意識で……
圭子　仲間意識って何なの？　仲良しクラブ？　仲良しで何ができるの？
衿子　一五人の新聞部員がバラバラであったほうがいいとでも言いたいの圭子。
圭子　バラバラがいいなんて言ってないわ。仲間意識なんてものでまとめようとするのが、好きになれないの。
衿子　生徒たちはみんなバラバラの状態におかれている、それがなにかを求めて新聞部に入ってくるのよ。圭子の言っていることは現実無視よ。
圭子　現実なんか無視していいのよ、現実なんてくだらないもの。
田村　乱暴だな、それ。
圭子　すばらしい同人雑誌つくろうなんていって、いい雑誌ができるかしら。仲間意識なんかで作品はできないでしょう。
衿子　新聞は文学作品ではないわ。
圭子　だったら何なの？
衿子　新聞は新聞よ。
圭子　なあにそれ？　そんなことしか言えないの？　あたしたちはユートピアを探しているんだけれど、ユートピアってなにか、わからないのよ、わかっていたらそんなもの、ユートピアじゃないのよ。
衿子　試行錯誤するのよ。
圭子　文学も試行錯誤よ、絵だって試行錯誤よ、音楽はどう？　第一、わたしってなんだかわかってないもの。絵を描いて、カンバスになにかは描くことはできたとしても、じぶんは描けないでしょう。写生に行くでしょう、でも絵の前景にわたしがいる。その前景としてのわたしはボヤけて見えないのよ。
今日子　自画像は描けるんでしょう？
圭子　たいへん。鏡に写っているじぶんは鏡にむかっているじぶんでしかないでしょう？　自画像の描ける画家ってたいへんよ。

衿子　どうすればいいのよ。
圭子　知らない、衿子の問題よ。あたしはただ、仲間意識ということばが見すぼらしいだけよ。

Ⅳ　盆踊りの町

一隅のばんこにゆかた姿の由美と写真機を肩にした今日子。

由美　今日子は踊らないの？
今日子　今夜は取材よ。どお？　盆踊り、楽しい？
由美　あたしに取材してるの？
今日子　ちがう。取材はもう終ったの。上杉謙信も、この辺に座って海の上の蜃気楼をながめたんですって。
由美　昔ながらのこんな盆踊りの、どこが楽しいのか……そう言いたいんでしょう。
今日子　そんなことない。この土地に根ざした新聞でありたいの。いいえ、この町にしかないもの、そんな学院新聞よ作りたいのは。
由美　スゴかったんだって、城崎先生とお寺の圭子さん。
今日子　二人は学生の頃からの友人だから、だからズケズケ。いつもはしとやかな城崎先生とは思えないし、お上品なお嬢さんと思えない圭子さんだった。
由美　田村さんは？
今日子　口出ししないの。
由美　どちらかに加担するとまずいものね。
今日子　アハハハハ！

由美　田村さんと一緒にやってる学生さんたち、どうなの？　有馬さんは？
今日子　過激派を自認してるけどノンポリよ。
由美　そんなこと言っていいの？　今井さんのほうは？
今日子　律儀で真面目、実行力のある漁師。
由美　いいじゃない。
今日子　由美のタイプね。
由美　そうかしら？
今日子　人にきく奴があるか。
由美　六郎太さんも悪くないわ、そう思わない？　あ、先生だ。

ゆかた姿の衿子がくる。

今日子　なまめかしい、先生。
衿子　あら、そう。どうしよう。
今日子　どうもしなくていいです。
衿子　いやな子ね。（由美に）踊らないの？
由美　やめたの。
衿子　どうしたの？
由美　つまらないもの。
衿子　ヘンよ、踊り好きなんでしょう？
由美　踊りの輪の中であたし、なにかを期待して踊るんです。なにかをなんて言うと胡魔化しになるけど、きまった振りでいつものお囃しだけれど、踊っていくうちにある時踊りの輪がびぃーんと響き交うっていうか、じぶんがじぶんでなくなって踊りの輪に溶けこむような、そんな一体感に躰じゅうがさらされたことがあったの。一昨年の夏のことです。その時以来あの響き交う一体感を期待してるんだけど、それがやってこないの。ただ揃いの手振り足さばきで、ちぐはぐなの。このあいだお寺の六郎太さんが戦慄ということを言ったけど、戦慄が踊り手みんなを震わせる、その瞬間を期待して今夜も踊ったのだけれど……。あれは偶然にしか起きないんでしょうか。

衿子　そう……そんなことがあるの？　あたしは踊ったことないからわからないけど……

今日子　（思いつく。声をひそめて）蜃気楼なのよそれ。人間がつくりだす、蜃気楼といえるんじゃない？

衿子　うん。期待してるだけではきっとダメよ由美。こちらから仕掛けなければ。

今日子　仕掛けるって、どういうこと？

衿子　うまく言えない。

由美　期待してもダメなのね。

今日子　期待するのがいけないのよ。

衿子　こうすればこうなるというのではなく、バラバラ、ちぐはぐが一つになるには、偶然を待ってはダメなのじゃない？　この間裏辻圭子と言い争ってから考えているんだけど……なにかをやり遂げようという仲間意識というよりも、お互いにお互いが挑発し、挑発されるような関係なのよ大切なのは。圭子はそれが言いたかったんだと思っているの。

由美　踊りの輪の中で隣りの人の踊りにじぶんが引きこまれる、それがあるんです。イキが合うっていうのかな。ノリがでる。いい加減な人や美しさをひけらかす人が、いつの間にか変って、余分のものが無くなって……

衿子　踊りの輪が響き交うの？
由美　……そう。
衿子　それ、時間にしたらどれくらい？
由美　さあ……五分くらい。もう少しつづいたかな？　それが消えると、もう心も躰もぼうっとして……夢から醒めた時のようなの。
今日子　先生、蜃気楼特集に、今夜の由美の話、入れましょう。
衿子　由美、あなたいまのこと、書いてみない？

V　岬へゆく路

前場とおなじ夜。

田村、有馬、今井そして圭子。

海鳴り——

圭子　海につき出た岬のハナへ行くこの路あるいていくの、好きよ。
今井　どうして好きなんですか？
有馬　お前なあ、どうしてと聞く前に、じぶんはどうなのか、言えよ。
今井　俺は好きでも嫌いでもない。
有馬　だったら聞くな。
田村　聞いたっていいじゃないか。圭子さんを観測していると思えばいい。
今井　別に観測なんかしていませんよ。
圭子　（笑って）陸地から、現実から、どんどん逃れてゆくみたいじゃない、岬のハナへ。だから。超現実的になってゆく。

海鳴り——

今井　この音は潮騒じゃない、海鳴りだ。ずしりとくる。めったにないんだぞ。この海では。
有馬　踊りの囃しの三味線と胡弓におれ、弱いんだ。もうここまでは聞こえない。
圭子　弱いってどういうこと？　女の子のことだったら弱いっていう時、好きだという意味もあるんでしょう。

田村　意味論じゃないよ圭子さん。弱いというんだから弱いんだよ、つまり嫌いなんだよ。

圭子　つまりにあたし弱いの。

今井　つまりが嫌いなんですね。

田村　確かめなくていいんだ。

圭子　胡弓の音色《おんしょく》、嫌いじゃないわ。胡弓はシルクロード、中国の西域から伝来したんだから。西域に憧れたの、学生の頃。

有馬　いまは？

圭子　いまもよ。東洋史の中に五〇年だけ顔を出して、あとは砂に埋《うず》もれてしまった楼蘭の都。さまよえる湖。ヘディン。

田村　胡弓の音に弱いのは、たぶん西欧派だよ有馬くん。ぼくも弱いんだ。

圭子　田村さんも？　あたしにはエキゾチックに聞える、あの音色。好きか嫌いかの話だけど、朔太郎は線香の匂いが嫌いだったんですって。なにしろ「佛蘭西へ行きたい」の人なんだから。あたしはお線香の匂いの中で育ったでしょう、困るのよ。だからこの路を歩くとだんだんお寺が遠くなる。

今井　やっぱり線香の匂いが嫌いなんだ。

圭子　やっぱりとかやはりは既成化されてしまった過去に引き戻そうとすることばよ。過去を新しく呼び出さないの、これは。

今井　はあ……？

圭子　線香の匂い、なぜだかあたし嫌いと言えないの、じぶんの躰にしみついているのかしら。

有馬　じぶんにしみついてしまっているものから脱出する。それが田村さんや俺たちのテーマなんだが、俺なんか材木屋の製材の音の中で育ったもんで、あのやかましい帯鋸《おびのこ》の唸りを聞くと、眠くなるんだ。

田村　圭子さんの線香と一緒だ。

今井　俺は魚の匂い好きだ。

海鳴りの音——

Ⅵ　海に近い丘

田村、有馬、今井が大気温度の測定器、風速計をつけたバルーンを回収している。
衿子、今日子も来ている。

有馬　（ノートを繰って）海面と平野の標高差五メートルで、上の暖かい空気と下の冷たい空気の境界層は一〇メートルから一五メートル、境界層約五メートルの時に蜃気楼が発生しました。五月二二日。

今井　あの日、朝の一〇時五〇分から午後四時まで、蜃気楼は見えたんだ。（機器のデータをノートに書きこむ）

田村　（衿子たちに）冬の蜃気楼は一一月から三月にかけて出ることは、町の人々なら誰でも知っているが、海水によって暖められる空気の層が一五センチぐらいで蜃気楼が出るんです。

今日子　冬は逆さに見えることが多いわ。

田村　高野先生もそうだが、これまで蜃気楼は冷たい海水が空気を冷却して起ると考えられてきたが、それは逆で、海水のほうが温度が高く、海の上の空気が暖められる。その空気の層は一五センチで蜃気楼が発生します。今日は一〇月六日、気温も水温もほとんど同じだから蜃気楼は出ないんです。これから一一月にむかって気温が海水温より低くなると蜃気楼は出現します。琵琶湖でも九州の有明海の不知火もそうです。

衿子　たいへんなのは五月、六月頃ね。

田村　そう。海が凪いでいて、陸地の暖かい風がゆっくり静かに海の上へ吹きこむ。ここでは北北東、（指さして）あっちの方から風がくれば、という時に、蜃気楼出現の可能性が大きい。これから研究室でコンピューター・シミュレーションの作業をやって、ぼくらのこれまでの観測結果を確かめることにします。
今井　古い発生説がくつがえることになるんだが、この湾の底には千五百年前の林がいまもあるんだ。
田村　潮水につかると腐蝕してしまうんだが、海底から真水が湧き出ているので、埋没した杉林が残っている、ということだな。
今日子　千五百年も前の？
田村　そう。北アルプスや立山連峰からの地下水が湧き出ているから、腐蝕しない。海水の表面温度を下げるまでにはいかないが、海底の林は地下の湧水で形を残しているんだ。
衿子　さあ、お昼にしましょう。

包みを解いて珈琲やサンドイッチなどを並べる。

有馬　わーい、遠足みたいだ。
衿子　うちの母が作ってくれたのよ。珈琲はインスタントだけど。
今井　城崎先生にもお母さんがいらっしゃるんだ。
有馬　いるにきまってるよ、でないと城崎さん生れてないもん。
今井　いや、家族とか身内のことなど城崎さん、これまでに話さないからさ。
今日子　おいしそう。
田村　城崎さんの音楽における時間の話、面白かったな。過ぎ去った時間が蘇るというところ。

衿子　あら、そうですか？
田村　つまり……つまりというのはヌキにして、クロノメーターとしての時計による時間の流れとは別に、現実の実際のというか……生きた時間の流れがある、ということになりますね。
衿子　さあ、どうでしょう……。
田村　呼びとめられる時間、急速に進む時間があるんだ、そうでしょう？
衿子　リタルダンドとかアッチェレランドはありますけど……
田村　シンコペーションは音の開始のズレでしょう、時がとまどうんだ。
有馬　とまどってる。
今日子　田村先生は美人の前では哲学的になるのね。
有馬　そうだよな、数学が専門なのに哲学的になる。
田村　バカ言え、数学はもともと哲学的なんだ。
今井　美人もやっぱり、いけねえ、やっぱりはなしで、美人も哲学的なんですか？
田村　美人はもともと哲学的なんだ。
今日子　先生、ハイ、コーヒー。
衿子　哲学かどうかは別にして、音楽は部分というか、ディティールの総和が全体以上のものにふくらむんです。そうならなくてはならないといいますわ。
田村　これはスゴイ考えかたですなあ！
今日子　先生、ハイ、サンドイッチ。
有馬　全体の部分なんだから、部分を集めると全体になるんでしょう？

田村　それはユークリッドだ。つまり……つまりってことではなく、時間が空間をつくる。そのように人間が時を生きる、ということかな。
今井　コーヒー、苦いな。
今日子　高野先生の蜃気楼のお話も苦いけれど、シベリア抑留はおもしろかったわ。蜃気楼の観測が自然現象の研究だけに限られないということ、少し、わかりますけれど……。
田村　人間はいろいろの蜃気楼をつくりだしたんだ、印度の仏さまからして。
有馬　どうかと思いますね、俺は。シベリアで捕虜抑留、強制労働をやらせたソ連は国際法にも捕虜条約にも違反している。苛酷な使役で日本の捕虜は悲惨をきわめた。だがブリヤートでこんな心温まるラザレートもあったんだということを記事にするのは。
今日子　どうしていけないの？
有馬　第二次世界戦争で、日本はアジアで残虐な侵略をやったんです。だが日本の外交官の一人がユダヤ人を助ける、人道的なことをやった。こんなことをとりあげる連中がいるんだが、どうかと思うな、ナチにも良心的ないい奴もいたと、ドイツがやりますか。やりません。広島は中国や東アジアに対する日本ファシズムの侵略基地だったのです。軍都広島として栄えたんだ。それを棚にあげて原爆の被害ばかりをいうのと同じようにダメだと思うんだ。
今井　そうかなあ……。
有馬　きみはいつも優柔不断だぞ、慎重そうで温厚そうな顔つきで。人当りよさそうな顔するなよ。
今井　ひどいなあ、俺、そんなつもりじゃないよ。
今日子　ノモンハンで、これは一九三九年のことで、ノモンハンなんて地名はどこにもなくて日本の関東軍がいい加減につけたので、ほんとはハルハ河戦争というんだそうだけど。有馬さんも知っているでしょう？　ハルハ河の戦争で、銃の引き金を引かずに、ということは一発も撃たなかった日本軍の兵士が、一人、いるの。高野先生は抑留中にウラン・ウデでその人に会ったそうです。捕虜になって冬の山林で凍死寸前のところをモンゴルの村人に救け出されてかくまわれて、村長さんの世話で結婚して、お子さんが二人いたそうです。有馬さん、どう？　日本の残虐な軍隊にもこんな人がいたんだと、いま、新聞がとりあげるのはいけないかしら？　南京でもベトナムのハノイでも、インドネシアのバンドンでも、日本軍は日の丸をかかげて残虐で野蛮なことをやったのだから、引き金を引かなかった一人がいたことなどをとりあげるのは、有馬さん、いけないだろうか？

有馬　……。（考えている）

今日子　その人、ヨハネ福音書の教えを実行したのだそうです。モンゴル人の奥さんはロシア語しか書けなかった。でもウランバートルに出稼ぎに行った時に、モンゴル語の読み書きを習って、福音書をモンゴル語に訳して、村の人々に配ったということもわたし、高野先生に聞きました。

間――

今井　モンゴル人がブリヤートではモンゴル語をとりあげられて、ロシア語しか書けなくなっていたんだ。日帝が朝鮮や台湾に日の丸と日本語を強制したように。日本は何万人という朝鮮人を不法連行したんだ。拉致したんだ。（有馬に）優柔不断かもしれんが、ウラン・ウデのラザレートのことをとりあげるのはいいのじゃないか？　引き金を引かなかった兵士が日本軍の中に一人いたということも。戦争だから仕方なかったと思っている日本人ばかりだよ。戦中世代はみんなそうだよ。

有馬　うむ……重大だ。

今日子　蜃気楼のことで新聞を作ろうとしてあたしたち、過去のことが吹き出してきたんだわ。それも過去の戦争として氷づめにされて忘れられていたことが。
衿子　それが溶けて流れ出してくるようなのね。蜃気楼という自然の眺めがあたしたちに語りかけてくるのだと思う。いまの有馬さんの言ったこともそうよ。ピカということでヒロシマは記憶しつづけられてきたけど、それが溶けて侵略の基地としてのヒロシマが浮かびあがってきた。そうだわ。
（間）さっき今井さんが言ったことだけど……。
今井　なんですか？
衿子　銃の引き金を引かなかった人のこと。
今井　それは今日子さんです。
今日子　高野先生よ。
衿子　戦争だから仕方なかったと思っている日本人のことよ。
有馬　そうだ、今井が言ったように、知る必要があるんだ。引き金を引かなかった人のことを。
衿子　日の丸が国旗、君が代が国歌として制定されたでしょう。
今井　そうか……
今日子　制定されてしまったから仕方ないと思う人。
有馬　強制するのは憲法違反だ。いやこれは強制するのじゃないといって強制する。
衿子　でもその人は自分の考えで引き金を引かなかった。あたしにできるかしら。

Ⅶ　吊り橋

紅葉した渓谷に霧が流れる。
圭子と田村が来る。

田村　絵の前景に自分がいてという話、面白かったな。自分に身近なところ、そして自分じしんはいつもぼやけてしか見えないんだ。
圭子　圭子は圭子の未来である。でしょう？　濃い霧ね、なんにも見えない。
田村　こういうの、白い闇というのかな。
圭子　白い闇。蜃気楼の研究は、結論が出ますの？
田村　シミュレーションのほうもうまくいってる、あと少し。
圭子　白い闇から新説が出現するのね。
田村　落ちつきのない闇というのもあるんだって。
圭子　落ちつかないの？
田村　ぼくらがいまを生きて自分を探している。それを落ちつきのない闇というんだ。圭子さんのぼやけて見えない前景だ。
圭子　あたしは落ちつきのない闇か。
田村　ぼくも落ちつきがないんだ、圭子さんと一緒の時は。
圭子　またはじまった、もうその手に乗らないわ。思わせぶりなこと言うの、古いのよ。

田村　まいった、まいった。
圭子　あたしはまねごとのような恋人ごっこしに、この吊り橋のところにやってくるのではないの。まじめな話を田村さんとしたいの。
田村　わるかったと言っただろう？
圭子　このところの田村さん、意地わるでなくなったわ、蜃気楼という自然を観測してると、毒気を抜かれるのかもしれないわ。毒気のない男の人って、つまらない。
田村　そうづけづけ言いなさんな。
圭子　男性には攻撃的なところがあるのでしょう？　女性は自然で、破壊されるの。
田村　自然を観察して男は毒気を抜かれるんだ。
圭子　だったらいい。自然破壊、やめたのね。
田村　これからどうなるかわからない。
圭子　落ちつきのない闇ね。
田村　さっきからそれを言ったんだ。
圭子　あら、霧が動いて、まっ赤な紅葉が、ほら！
田村　すごい紅葉だ。満山紅葉。

間――

圭子　また、白い闇だ。
田村　昔ね、昔といってもそう遠い昔じゃないんだが、ドライヴしていて急に視界二メートルの霧に包まれた。深い渓谷なんだ。

圭子　女の人は？
田村　うむ、誰か乗っていただろう。
圭子　もちろんよ、視界二メートルで、どうなったの？
田村　フロントに突然バサッと、まっ赤な紅葉の枝が現れるんだ。
圭子　ステキね。でもあなたの過去など知りたくないわ。
田村　ラジオからソ連邦解体のニュースが流れた。頭の中がまっ白になったよ。ぼくは耳を疑った、考えられないことだった、ぼくには。ソ連のことよくないとは思ってはいても、解体するなど考えなかったから。後になってわかってきたが、当時すでに解体するのは遅すぎると思った人もあるらしいんだが……。ぼくが不勉強なんだ。批判的であってもソ連をどこかで信じるところがあったからね。
圭子　いまは？
田村　白い闇だな。
圭子　もっとちゃんとおっしゃいよ、胡魔化さないで。

間――

田村　ソ連はそもそも革命のはじめから、マルクス主義を踏み外していた……そのように考えていた人たちがいる。数学をやって部屋に閉じこもってばかりのぼくは、うといんだ。有名なドイツの作家のブレヒトなどは、一九三八年の当時、すでにそこに、というのはマルクス主義からの逸脱に、深い疑いの目を向けて作品を書いていたというのだ。（間）白い闇というのはなにもかもこれから始まるということだな。世界はいま、新しく実験を始めるというわけだ。
圭子　世界は実験……。

Ⅷ　瑞泉寺の広間

今日子と由美が来ている。
六郎太がくる。

六郎太　今日は、なんだいきみたち？　レコードコンサートやるの？
今日子　ちがいます。
由美　そうじゃないの。
六郎太　そうだよな、レコードコンサートなんか前世紀の遺物だ。うちの親爺の、お寺の坊主頭の古ぼけた趣味でしかないんだ。
今日子　みんなが集まるところがいいのよ、独りでヘッドホンで聴くのとは違うんだから。
由美　サロンよ。
今日子　田村先生おっしゃってたわ。いまや闘争の単位は家族、サロンにしかないって。
六郎太　サロンか。文化果つる田舎町のサロンだ。
今日子　このサロンは高級よ。田村先生、高野の老先生。
由美　城崎先生、圭子さん、それに六郎太さんだって。
六郎太　だっては余計だ。でもついにおれも入れてくれた、そうこなくっちゃ。ところで、なんだい今日は？
今日子　田村先生が気象学会の総会から帰ってらっしゃるのを、ここで待つの。

六郎太　そうか、発表したんだ蜃気楼出現の方程式。
今日子　方程式ではないの。
六郎太　どこだい気象学会の場所？
由美　つくば市よ。
六郎太　遠いなあ。
今日子　うといわ六郎太さん。
六郎太　忙しいんだぞおれだって。
由美　どこ行ってらしたの？
今日子　そうよ、ずいぶん顔見なかった。
六郎太　シナリオ・ハンティング。ま、売れないシナリオの取材さ。
由美　売れないの？
六郎太　ただ書くだけ、なんの当てもないんだ。沖縄へ行ってきた。
今日子　美人、見つかった沖縄で？
六郎太　偶然！　凄い美人。
由美　あら、また！
六郎太　ソーキそばの店で、コザ、いまは沖縄市というんだがね、その店でソーキそばを運んで来たんだ、まったくの美人が。
今日子　まったくの美人？
六郎太　非のうちどころなし、オキナワ美人だ。

六郎太　ああ。

由美　その人の名前、知らないんでしょ。

今日子と由美が笑いこける。

六郎太　おかしいかい？

今日子　どこ行っても美人に遭遇するんだ。なぜか必然的にそうなる感じ。

六郎太　なにが必然的なものか、全く偶然だよ。

今日子　だって、（由美に）ねえ。

由美　そうよ、そのお店に行けば、ソーキそばとやらを運んでくるんでしょう。偶然でもなんでもないわ。

六郎太　わからないよ。いま頃もう誰かとどこかへ行ってしまっているかもしれん。

今日子　あら、悲観的ね。

六郎太　おれ、悲観的想像力なんだ。ことがいつもうまく運んだためしがない。

由美　うまく運ぼうとしないからよ。偶然に期待するからよ。期待してはいけないの、こっちから仕掛けなくちゃ。

今日子　そうよ、自分が努力しないで棚ボタ式になにかを期待するの、甘いわ。

六郎太　（まじめに）必然というものを一切なくして、偶然ばかりでチェーホフは戯曲を書いたんだ。おれもすべて偶然で映画を書きたいんだ。いいかい、必然的な組み立てを考えるのはブルジョワだよ。資本主義は必然の体制で固められているんだ。

由美　それ、六郎太さんの専売特許ね。

六郎太　そんなことはないよ。偶然の中に真理が顔を出す。支配者どもはこれを認めたがらない。なにもかも計画通りに進まないと、奴らは困るんだ。資本主義のイデオロギーは必然の体系だ。わかってくれよ、俺の書こうとしていることを。

今日子　わかりたいわよ、だから早くシナリオを完成させてよ。

六郎太　それがね、なかなかできないんだ。やはり締切りがちゃんと決められていて、それに追われないとね。

由美　なんだか原因があって結果が出るみたいよ。

今日子　六郎太さん、甘いのよ。

梨枝が一人の少女を案内してくる。

梨枝　いま高野はすぐ参ります、さ、どうぞ。ここに若い人たちがたむろしてます。お客さまよ、おじいちゃんを尋ねていらしったの。

六郎太がギクリとして立ち上がる。少女は六郎太が南紀で見かけたあの少女である。宗方麦子。

六郎太　……！

麦子　あら。（軽いお辞儀のごとく）

間——

梨枝　（六郎太に）どうしたの？　なあに？

六郎太　偶然だ。（麦子に）……偶然だ。

麦子　（も、驚いている）……。

六郎太　どうして、ここに！

今日子　なんだなんだ？
由美　どうしたの？
梨枝　失礼よ、六郎太さん、いらっしゃいくらい言うものですよ。
六郎太　いらっしゃい！
梨枝　びっくりするじゃありませんか、そんな大きな声。
六郎太　びっくりしてるのは、俺だよ。
麦子　あの……
六郎太　そうです、あの島で。
麦子　……大島？
六郎太　うむ！　そうです、きみだ！
麦子　どうかしました？
六郎太　どうもしない。どうかしてたまるもんか！
麦子　……？（困っている）
梨枝　（麦子に）気にしないでね。この人はいつもヘンなの、こんなふうなの。
　　圭子がお茶を運んでくる。
圭子　みんな立ち上がって……騒然としてるわね、どうしたの？　さ、坐って坐って。
　　今日子、由美は坐る。
　　麦子も、そして六郎太も。
麦子　（六郎太に）あの時、どんどん走っていってしまうんだもの。

六郎太　（顔をくしゃくしゃにして）そうだったかな。
圭子　なんだ、六郎太が言ったの、この方だったの？
六郎太　つよい風だった。
麦子　そうでしたわ、つよい風でした。

間──

今日子と由美が顔を見合わせている。

圭子　宗方さん……東京からいらしったの、高野のおじいちゃんを尋ねて。この方のおじいさまとうちのおじいちゃんが、シベリアでご一緒だったとかで……（麦子に）そうですわね？
麦子　はい。
今日子　あの、ラザレート？　ウラン・ウデの？
麦子　知ってらっしゃるの？
今日子　ええ、ここでは有名なの。
麦子　まあ。
圭子　この方、宗方麦子さんとおっしゃるの、（麦子に）そうですわね。
麦子　はい。
今日子　宗方麦子さんよ六郎太さん。
六郎太　わかったよ、肝に銘じたよ！　あの……おれ、ちょっと。（走り去る）
今日子　肝に銘じたですって。
梨枝　トンチンカンね、いつも。

圭子　（麦子に）宗方さん……ラザレートの院長先生の？
麦子　そうです。驚きました、ラザレートのこと、よくご存知なのねみなさん。
圭子　高野からうかがいましたの、この間から。あたしたち、ここのグループではラザレートのことでもちっきりです。
麦子　そうですか……。祖父が亡くなりまして、残していった名簿でお仲間の方々を尋ねていますの。
圭子　南紀の大島にいらしったのも、そうでしたの？
麦子　そうなの、あちらに角さん、メンバーの方がいらっしゃったのですが……亡くなっていました。

高野修吉が来る。

梨枝　このお嬢さんよ。
修吉　この方……？
梨枝　そうよ、宗方さん。東京からよ。
修吉　（麦子に）高野ですが。
麦子　あの……祖父の宗方健一郎が亡くなりまして……
修吉　えっ、亡くなられた……
麦子　今年の四月に。遺されたものの中にラザレートのメモや、ご一緒だったスタッフの方々の名簿がありましたので。家族の者にはなにも話してくれなかったのですが、遺された日記にラザレートのことが書きつけられていました。それも度々出てくるの。すばらしいユートピアだったというようなことが……。日記とは別にラザレートのノートもあるんです。
修吉　それでわたしを訪ねてくださった？

麦子　ええ。高野さんの手紙がとってあったのです。

修吉　そうでしたか。八〇……二、でしたか。

麦子　そうです、八十二才でした。

修吉　ここにいるみなさんにも話したことですが、わたしは二〇そこそこでラザレートの最年少でね、宗方院長に何かにつけて可愛がっていただきましたよ。もちろん叱られもしたが……そうだな、スープをのむ時、音をたてるな、捕虜だが品位を高く……（笑う）いまでも味噌汁をのむ時、先生の顔を思い出すですなあ。そうですか……日記にたびたび書きつけられていましたか。感に堪えませんなあ。（今日子や由美たちに）どうだ、わたしが話したようなことだろうが。

麦子　大切な、夢のように、祖父は日記に書いていたの。

六郎太が戻ってくる。

麦子　うちは病院ですけど、先生がたは祖父のことを老先生と呼ぶんですけど、日記に書きつけたことばがとっても若々しいの。刺戟的なことばがぎっしり並んでいるの。プロ野球でよく出てくる〝結果を出す〟ということばを憎んでいるの。プロセスが大事だバカヤローなんて。日頃の診察室の祖父からは想像できないと、父もそう言っています。（ふと見廻して）あらあら、すみません。ひとりでおしゃべりしちゃって。

修吉　なるほどね……そうでしたか。亡くなられる前に、お会いしたかったなあ。

間——

梨枝　お着きになったようよ。

修吉　おう、田村先生か。

田村、有馬、今井、そして衿子が来る。

圭子　お帰りなさい。
今日子　どうでした？
有馬　ばっちりだよ。
今井　大成功。
田村　なんとか、やったよ。
圭子　（麦子に）この先生は蜃気楼の研究の成果を、気象学会の総会で発表なさったの。
修吉　（田村たちに）ウラン・ウデのラザレートのわれらがボスのお嬢さんだ。
圭子　お孫さんよ。
修吉　（麦子に）田村さん。この先生は蜃気楼の研究で立派な成果をあげられたんですよ。特に春の蜃気楼が偶然に出現することを証明して、わたしの人生観を爆破してしまったんです。
田村　偶然と一口に言われても困るんだ、いくつかの偶然の要因がね、重ならないと。
修吉　人生観は爆破されたが、考えてみるとウラン・ウデで起ったことも、たしかに偶然だったという気がする。宗方院長の存在は大きいんだが……
麦子　祖父もその偶然ということばを何回も書きつけていましたの。
修吉　ほう。宗方先生も。
麦子　どうしてあのような、と書いています。すばらしいラザレートがつくり出されたのか……そのことばかりが書きつけられていましたの。あたし、それで……。
六郎太　それをつきとめようとしているんだね？

麦子　つきとめるってたいへんみたい。
六郎太　それ、たいへんだと思う。
圭子　六郎太、水を差すようなこと言わないの。
六郎太　おれのテーマなんだ。
麦子　あたしもここの人になって、おじいちゃんの偶然を探したいわ。
圭子　ここでよかったら、いいのよゆっくりなさっても。
六郎太　そうし給え。
麦子　ほんとにいいんですか？
六郎太　今夜は田村先生の研究発表の、お祝いのパーティーだよ。
梨枝　（麦子に）宗方さんのお部屋、圭子のところがいいわ。散らかってる、たぶん。
圭子　大丈夫よ。
衿子　あたしたち、学院に行きます。みんなが集まっていますの。
六郎太　日曜日ですよ、城崎さん。
衿子　日曜日は新聞部の書き入れ時なの。田村先生の原稿もいただけたし、校了間近かなの。（今井に）コンピューター・シミュレーションの写真、お願い。
今井　ぼくらも行きます。
有馬　これからおれは田村さんと測候所へ行くんだ。
六郎太　（麦子に）海を見に行こう。
みんな、出ていく。

修吉も梨枝と出ていく。

衿子と圭子の二人——

圭子　どう？

衿子　また校長に呼ばれた。

圭子　しつこいのね。

衿子　良心的で自由な人だったのに、このところ、人柄が変ったみたい。

圭子　そう。

衿子　正規の採用じゃないでしょうあたしは、だからよ。正規採用の教員は簡単にクビにできないから、あたしに要求するの。一年ごとの採用だから。教育委員会からの指導を受けているらしい。

圭子　文化の日？

衿子　そう。どうしても君が代を弾けということなの。

間——

圭子　夜、パーティーには顔出してね。

衿子　ええ、出るわ。

圭子　きっとよ。

Ⅸ　岬へゆく路

六郎太と麦子が来る。

麦子　北の海っていいわ。裏日本か……。
六郎太　将来はこっちが〝表〟になるんだ。
麦子　あら、そう？
六郎太　〝恋人たちの冬〟ぼくのシナリオのタイトル。
麦子　どこかで聞いたことあるみたい。
六郎太　真夏のまっぴるまの海で知りあった恋人たちが、クリスマス・イヴには別れることになるんだ。
麦子　かわいそう。
六郎太　悲観的想像力の作品です。
麦子　どうして別れさせるの？
六郎太　どうしてって……なぜだか。女のなかに白い蛇が棲んでいるんだ。
麦子　白い蛇？　おおいやだ！　蛇って大嫌いよ。なぜ別れるの？　恋愛は長く続けなければ、お互い、わかりあえないと思う。
六郎太　シャガールに恋人たちの冬という絵がある。
麦子　ああ、それで。

六郎太　雪の夜、二頭立ての馬車が乗り捨てられている。恋人たちは夜空に宙に浮かんでいるんだ。ヴィオロンを抱えた男。花束を胸に抱いた花嫁。あの絵をモチーフに映画を作る。この地上では美しいものは実現しない。

麦子　地上ではダメなの。地上が大切だと思いますけど。

六郎太　シャガールはソ連の革命に絶望したのだと思う。

麦子　あら、そうなの。たいへんね革命。

六郎太　そしてソビエート革命は失敗した。ぼくの映画はこの世紀末の悲惨を描こうとするんだ。

麦子　地上を大切にしないからじゃないかしら。だから失敗するのよ。

六郎太　新しい革命はこれから始まる。

麦子　また失敗したら困りますね。

六郎太　なあに、ローザ・ルクセンブルクはたとえ五〇回革命が失敗しても、なかったよりマシだと言ったんだ。

間——

麦子　〝恋人たちの夏〟はどうかしら。スゴク情熱的なの。

六郎太　（つぶやく）作品としてのあの人、この人との距離……。

麦子　距離がどうかしましたの？

六郎太　いや、なんでもない。この間、つい最近だけど、沖縄へ行ったんだ。重苦しい挫折感に沈んでいる。ウガンジョ、というのは人里離れた、がじゅまるなんか生い繁った場所で拝むんだ。沖縄の人々が思い描く伝説のユートピア、それはニライカナイというんだが、そこへの祈りだ。

麦子　あたし、バスケやってるの。

六郎太　え？　バスケット？

麦子　地上というか、地面の、床の手応えよバスケは。空中戦なんていってるＮＢＡ、あれはショウですからね。ボールは床よ、シュートのバネも床。背の伸びも床。

六郎太　きみ、体育会系なんだ。

麦子　恋人たちが宙に浮いてるなんて、嫌いです。ちゃんと地に脚をつけていなくてはダメだと思うの。蜃気楼、わたし眺めたことないけど、写真で見るとあまり好きになれないな、間のびしてるでしょう？　地面からズレて宙に浮きあがっているんだもの、むこうの景色が。どうかと思うわ。

六郎太　不思議なことを言うねえ。

麦子　不思議？　不思議ですかわたし？　不思議と言えば偶然よ、これを捉まえなくちゃね。第一、六郎太さんとまためぐりあうなんて、偶然よ。まったく不思議ね。

六郎太　（首を振っている）……。

X　瑞泉寺の広間

裏辻圭佑、修吉、圭子、田村。
衿子も来ている。
古い手廻しの蓄音機からＳＰレコードの音楽が流れている――
その音楽が終る。

修吉　……いいもんだなあ。あたしはといえば、唱歌か流行歌といったところだが。
圭佑　（レコードを外しながら）古いかも知れんがこの音がわたしに合います。
修吉　お寺の和尚さんがジャズとはねえ。
圭佑　かも知れんですな。学生の頃ジャズにとりつかれましてね、うちの嫁さんの影響でして。
修吉　梨枝はハネッかえりの女学生でね。
圭子　まあ、母はあれでそうだったの？
修吉　そうだよ。（笑う）
圭佑　それがどうしてお寺さんのところに来たかというわけだろう。これにはいろいろあってねえ……
……うむ、あった。
修吉　あたしは反対しなかった。亡くなった婆さんは心配しとったようだが……
圭佑　そうでした。（間）挫折と言えばなにかご大層だが、考えるところあって、わたしも梨枝も運動を離れましてな、寺の跡を継ぐことにしたんです。

修吉　脱走した米軍のＧＩにサンドイッチをこさえたり、梨枝も心配させたもんだが……お寺さんなら安心だ。アハハハ！
圭佑　（田村たちに）圭子が生れた頃からレコードコンサートを始めたのです。なにかやりたいんですな。この部屋で始めたんです、小人数でね。
田村　二〇年もそれ以上も続いてるわけだ。
圭佑　音楽は独りで聴くのもいいが、ほかの人たちと一緒に聴くのがいいですな。学生時分の音楽喫茶の習慣から抜けられんのかもしれないが、それぞれ人は違っても同じ一つの曲を聴いているというのがねえ。
田村　それぞれの人がそれぞれの思いでモーツアルトを聴いているというところですか……。
圭佑　マイルス・デイヴィスにしろジョン・コルトレーンにしろですな。
修吉　あたしにはわからんな、縁遠い。
圭佑　この部屋で聴いた人がお嫁に行って、里帰りした時にまたこの部屋を訪ねてくれるなんざ、嬉しくなりますな。抹香くさいところがちょいと難点かもしらんが。
田村　この小さな町でお寺さんが、人々の文化的サロンになっている。いいですね。
修吉　新進気鋭の田村先生が離れにいらっしゃる。古ぼけた教師くずれが上の山楼で独り住居、袈裟を着て壇家を廻った坊さんがジャズを聴いている。
圭佑　田舎に埋もれさせたくないピアノの城崎先生に、縁談を断ってわけのわからん絵ばかり描いているうちの娘と……妙なとりあわせですな。
圭子　それにハネッかえりだったがいまは寺の大黒《だいこく》にちんと収っているうちの母。ほんとにヘンね。

圭佑　東京からお見えのお嬢さんはどうしたの？
圭子　六郎太と一緒に若い人たちの集まりに出かけています。日の丸と君が代を考える会が公民館で。
田村　城崎さんは出なくていいの？
衿子　生徒たちが自主的に企画したのですから。町の人に呼びかけるビラをまいたり。自分の考えを持とうという呼びかけですの。
修吉　そりゃいいことだ。いま時の若者はなんて言っとられませんな。
圭佑　お寺の坊主の言うことじゃなかろうが、困ったもんですな。
圭子　なにが？　どう困るの？
圭佑　こっちはナムアミダブツを唱えようと説法しとるが、君が代歌ったからといって、ご利益があるわけでもなかろうに、ですな。
圭子　そうだそうだ。
修吉　辛い思いがするよ、捕虜の身分としては。（笑う）
圭佑　オリンピックなどで日の丸が揚がって君が代が鳴ると、どうもいけません。せっかく、優勝しとるのに。
田村　サッカーでも歌うんですよ君が代。立って歌う人もいる。
修吉　あれで選手はどうなのかね？
圭子　体育会系はへーキノへーザ。
修吉　へーキノへーザか！　早く校長を退いてよかったよ。教育というものは学校からいっさい邪魔されないで身につけるものだと、マーク・トウェインは言っとるんだ。いま頃校長やらされとると大変だよ。

圭子　おじいちゃん、自殺よ。

圭佑　自殺した校長さん、ずいぶん悩んだのだろうな。

修吉　こっちは自殺はせんよ、シベリア帰りだからな。捕虜は歌わなかったよ、第一、あの歌のこと忘れていたよ。院長の宗方さん、というのはあのお嬢さんのおじいさんのことだが、熊本の出身でね、五木の子守唄というのを歌われるんだ。お上手でね、いい声なんだ。それでみんな覚えたよ。あたしが採譜してねロ短調でね、みんなに配ったら、ロスケにも受けたんだ。

圭子　ダメよ、ロスケなんか。

修吉　ルースキィというロシア語だよ、ダメなもんか。大合唱になったよ。

衿子　それから、ほかにどんな歌をお歌いになりました？

修吉　いろいろですな。兎追いしかの山。誰か故郷を想わざる。それから春の小川、それから、海は荒海むこうは佐渡よ。

衿子　海は荒海、歌いますあたし。

圭佑　いいですな、ぜひ歌ってください。

圭子　ピアノ無しでいいの？

衿子　いいのよ。（歌う）

海は荒海　向うは佐渡よ
雀なけなけ　もう日が暮れた
みんな呼べ呼べ

お星さま　出たぞ

圭子と田村がじっと歌う衿子を瞶《みつ》めている。

若者たち——六郎太、麦子、今日子、由美が来るが、その場に立ちつくして衿子の歌に聴き入る。

衿子の歌が終る。

拍手。だが沈黙が流れる。

修吉　（やがて）いい。いいですなあ。ラザレートがまざまざと目に浮かぶよ。麦子さん、あたしは宗方先生と肩を抱き合ってこの歌うたったんだ。ソ連側からの看護婦のターチャとナースチャも歌ったんだよ。ウラン・ウデでこの歌を歌った。あたしには蜃気楼のように人の心の響きがねえ。

麦子　おじいちゃんもこの砂山の歌、診察のあい間に歌っていました。それからコサックの子守唄も。

修吉　そうですか、宗方さんもそうだったんだ。（人々を見廻して）ウラン・ウデの蜃気楼は生涯を通して心の中に現れるんですよ。そうか、コサックの子守唄ねえ。シベリア東部ザバイカリアはコサックが防塁を築いて拓いたんだ。

衿子が「コサックの子守唄」を唄う。

眠れやコサックのいとし児よ

空に照る月を見て眠れ

…………

…………

修吉も歌う。そして圭佑も加わる。

若者たちが見守っている。
歌が終る。

圭佑　（やがて）この歌、わたしも六八年から七〇年の闘争のなかで歌ったよ、こみあげてくるよ、衿子さん、ありがとう。高野さん、ありがとう。過ぎ去った昔を追憶しとるんじゃない。いまいちど、青春の情熱を湧き立たせているんだ。きみたち若者はわれらを知らない。だがきみたちはわれらの知らないことを知っている。ああ、わたしは逆上しているよ！

突如として修吉が起ち上がって歌い出す。

修吉　（叫ぶように怒鳴るように）ギンギンギラギラ夕陽が沈む、ギンギンギラギラ陽が沈む！

みんな起ち上がって歌う。

まっかっかっか空の雲
みんなのお顔もまっかっか
ギンギンギラギラ陽が沈む

歌い終ってみんな大笑い、哄笑。
梨枝が来る。

梨枝　ケースケさん。明日は早くから葬式とそれから法事が二つ。もう寝なくてはいけないの。
圭佑　わかったよ、わかってるさ。
梨枝　おだなんかあげる時じゃないの、書き入れ時なんだから。（笑っている）秋の落日はつるべ落し。どんなに華麗な落日でも、能登の海にドボーンよ。

梨枝は圭佑を引っ張って連れ去る。

圭子　ケースケさんだって。

　　みんな、また大笑い。
　　突然、衿子が起立する。

衿子　（改まって、演説するかのように）わたしは城崎衿子です。音楽の教師として双葉女学院に奉職しております。今日、文化の日の式典に「君が代」を演奏するように学院から、校長先生から申し渡されましたけれど、ピアノを弾くことをわたしはお断わりします。「君が代」という歌を国歌だとわたしは認めることができないのです。「君が代」を国歌と制定した国会の決議に、これを強制するものではないという付帯決議があります。「君が代」という歌曲について個人としてのさまざまな意見はヌキにして、文化の日の式典にこの歌曲を演奏することを、わたし個人の考えで反対します。

　　一同、衿子を凝視している。

衿子　生徒のみなさん、自分の考えで行動することです。「君が代」に賛成の人は歌っていいでしょうが、わたしはピアノは弾きません。反対の人は歌うことないと思います。これで終ります。（間を置いて）というようなことを、文化の日の講堂でみんなの前で言おうと思うんですけど……

　　長い間。

衿子　いまのようなこと、ちゃんと話せるかどうか自信ないんだけど……。
圭子　やるの、ほんとに？
田村　職員会議は？
衿子　（首を振る）……みなさん、自分に廻ってこなくて、よかったと……

田村　うちの工業高校も教育委員会からの指導のまま、どうすることも、なにも動きがありません。
修吉　わたしら老人が気焔をあげたのが、いかんかったのかね？
衿子　感動しました。でもこれはずっと前から考えてきたことですの。
今日子　先生、辞めさせられるかな？
衿子　わからないけど。
六郎太　今夜の集まりで、自分の考えで行動しようと話しあったんだ。生徒たちも町の人も。
今日子　集まりに出た人は三一人よ。あたしたち先生を守って戦うわ。
麦子　これ、地上の戦いだわ。
衿子　今夜このお部屋で、せっかく娯《たの》しく話したり歌ったりしたのに、すみません、わたしの個人的なこと持ち出して……
田村　決して個人的なことじゃないよ。
衿子　……戦争だから仕方ないと私思わないことにします。
長い間——

XI　吊り橋

コートの襟を立てて、衿子と圭子が来る。

圭子　大丈夫……なんて言えないけど。
衿子　ちゃんとやれるかしら。

間——

衿子　でもね、わたしには手に職があるでしょう。お母さんも達者だし……
圭子　二人っきりだものね。
衿子　わたしは職人よ、何とでもやってゆけそう。ピアノのレッスンだって、歌の教師だって、やれる。宮仕えの人たち、サラリーマンの人たちは、わたしのようには出来ないの。そうよね。
圭子　あたし、絵では食べてゆけないわ。
衿子　わたしは決めたの、覚悟してる。勇み肌ではないのよ。
圭子　手に職がある……職人か。
衿子　やることのできる者が始めるべきだと圭子、思わない？
圭子　花は勁《つよ》し、というところね。

田村が走ってくる。
吊り橋が揺れる。

圭子　ダメよ走っちゃ。高い吊り橋はいまにも断れそう。でもこのみちをゆくしかないんだわ。

衿子　田村さん、わたし引き金を引かないことにする。
田村　まだ戦争というわけではないと思うんだが……。
衿子　みんなそう思っているわ。でもそのうちみんなが君が代を歌いはじめるんじゃないかしら？
こんな時にうたう歌を知っているわ、わたしに不似合いかもしれないけれど。

衿子が声をひそめて歌いはじめる。
——多喜二の歌である。

屍を積み重ねなば
バリケード
やがて輝く
朝を信じて

——終——

蜃気楼の見える町
【初演】　東京演劇アンサンブル　広渡常敏演出
二〇〇〇年八月十二日～十三日／十八日～二十日　ブレヒトの芝居小屋
八月十五日～十六日　東京国際フォーラム・ホールD

音楽劇　消えた海賊

場所　ヨーロッパの何処かで。
　そして海。
時　遠い昔。

登場する人々

カルル　ボヘミアの王子
アントニオ　神父
フェデリコ　葬儀屋、実は船大工
フルガンツィオ　レンズ磨き
ピヤアンジェリ　カルル王子の妹
マルガリータ　ある貴族の娘
レイチェル　酒場の女将
若い男たち1
〃　2
〃　3
〃　4
〃　5
〃　6
〃　7
若い女たちa
〃　b
〃　c
〃　d
〃　e
ズッペ　あらくれ海賊の首領

Ⅰ　根拠地

大きな帆（ロイヤル・ゲイン）が舞台いっぱいに広がっている。それに縄梯子も。

合唱　海に歌う
若者たちが歌う――

むこうみずだがオレたちは
海をあなどるものじゃない
いのちのもとを産みだした
大海原に乗りだした
何処の岸辺に到くかも知らず
漕ぎ出していくわかものさ
吹き荒れる風
砕け散る波
地球をとりまく乱気流
ヒトの尺度を乗り越えて
偶然も必然も
神の摂理も乗り越えて

むこうみずだがオレたちは
大海原にあこがれて
大循環のふところに
漕ぎ出していくわかものさ

カルル、アントニオ、フェデリコ、フルガンツィオがくる。

カルル　われらは若い。きみたちは若い、ぼくも若い。だが若いというだけではなんにもならん。ぼくらの精神が若くないといかん。だが精神が若いってどういうことだろう？（若者たちを見わたす）われらは海賊だ、海賊は若くなくちゃならん。どうだ諸君、海賊たち、若いってどういうことなんだろう？

男1　オレたちを厚い壁がへだてている。オレたちは厚い壁にとりまかれている。その壁をぶち破るんだ。

男2　常識に反逆することだ、世間のあらゆる常識に反逆するんだ。

男3　破壊だ、なにもかも破壊するんだ。

女a　押しつけられる規則に従わないことよ。

女b　不服従こそよ若いってことは。

男4　オレは打倒ということばが好きだ。世界を打倒するんだ。

男5　突進あるのみ、突き進むんだ。

女c　あたしは何も信じないわ、だから海賊よ。

男6　すべてを疑うんだ、否定するんだ。

女d　従わないことだわ、不従順こそ美徳よ。
女e　不貞をはたらくのよ、女は男の持ちものじゃないのよ。
男7　壁をうち破るために反抗する、ラディカルに、根源的に反抗する。
女a　規則違反よ！
女b　不道徳！
女c　不信！
女d　不従順！
女e　抑圧打破！
男1　一切の規則を認めない。規則破り。1プラス1イクオル2に従わない。
男2　そうだそうだ、1プラス1イクオル2に従う奴は、16プラス23イクオル39と暗算する。
男3　暗算する奴は世渡り上手。
男4　暗算する奴は海賊じゃない。
男5　暗算をしこまれた奴は、世間の常識のまにまに埋もれる。
男6　暗算で出世できると思ってる。
男7　暗算で未来まで暗算するんだ。
男1　そんな奴は海賊じゃない。支配者が押しつける規則に従うな。
男2　アウトロウ。
男3　混乱流動われらのもの。
男4　風は海から吹いてくる。

男5　未来も海からやってくる。
男6　いのちも海からやってくる。
男7　海は未知、海はコントロールできないんだ、だからオレたちは海賊になって漕ぎだしていくんだ、未知の大海原へ。
男1　女は未知だなんて言ってられるか、ズバリ女に要求する。
男2　それが若さだ。
男3　むこうみずだ。
女a　ズバリ断る自由、それも若さよ。
男3　断られてもなお迫る。
女b　ストーカーを追っ払え、それが若さよ、くじけるな。
男4　風は海から吹いてくる、女も海からやってくる。
男5　突き進むだけ、当って砕けろ。
女c　美しくあること、それが若さよ。
女d　じぶんを美しいって思うことよ。
女e　美しいものにあこがれるのよ、あこがれるものこそ美しい。
男6　それはいのちさ、いのちこそ美しい。
男7　いのちは海からやってくる。大海原にあこがれる。それこそ若さだ。
フェデリコ　それには訓練、鍛えられた体力が前提だ。
男1　古い奴の言い草だ、訓練、訓練、いやなことばだ。

男2　おっさんなんかに訓練されて、オレたちも古い男になるのかよ。
男3　オレたち、じぶんで鍛えるよ。
フェデリコ　海の恐さを知らんから、そんなことが言えるんだ。海でくたばって泣きごと言うな。
アントニオ　海でくたばりゃ、私がお祈りをしてあげる。
男4　ありがとよ、お布施は無いよ。
フェデリコ　くたばりゃドボーンと海へ投げこむ。覚悟しとけよ。
男5　覚悟なんてもん、そん時になってみなけりゃわからんもんだ。
男6　命知らずのオレたちも海の藻屑と消えるのか。
男7　フカよ来い、オレたちはキャプテン・クックよりおいしいぞ。
フルガンツィオ　そりゃお前、フカに訊いてみることだ。

Ⅱ　黒薔薇館（酒場）

カルル。アントニオ。フェデリコ。フルガンツィオ。
酒場の女将のレイチェルがぶつぶつ言いながら、グラスにワインを注いでいる。

レイチェル　あんたたちに飲ませるワイン、うちにはないんだから、ひと口飲んだら帰ってもらいたいね。海賊だろあんたたち？　海賊なんてあたしゃ大嫌いなのさ。暴力沙汰、戦争、テロ、好きじゃない。海賊なんて、ならず者のやることよ。戦争、暴力、略奪、殺人、テロリズム、好きになれないね。

アントニオ　スペインのアメリカ大陸の発見は、テロじゃないのか？　イギリスのインド貿易は、あれは戦争じゃないのかね？

レイチェル　あたしは理くつも好きじゃないのよ！

カルル　おかみ、一杯飲んだら退散するよ。

レイチェル　あんたが海賊の首領なの？

カルル　首領というわけじゃない。

アントニオ　ボヘミヤの王子さまだ。

レイチェル　王子さま？　なぜ海賊などやるのよ。

フェデリコ　カルル・ハインリッヒ王子の趣味だよ。

カルル　趣味というより理想だな。

レイチェル　へえー、ヘンな海賊もあったものね。
アントニオ　フェデリコさん、葬儀屋が実は船大工というのには、私も驚かされたよ。
レイチェル　あまり縁起のよい話じゃないみたいね。でもあんた（アントニオに）神父さんでしょう？　神父さまが海賊というのも、どうかと思うけど。ぞっとしないね。
フェデリコ　（レイチェルに）自慢じゃないが俺たちは、海山越えてはるばると、女相手に喧嘩に来たんじゃない。海賊の首領を眼の前に、女だてらによく啖呵切りました。堅気が見たら莫迦というだろう、やくざが見たら偉いというだろう。おいらやくざな海賊だ、おいらも偉いとホメましょう、偉い女だおかみさん。
レイチェル　バカにするな、くそ爺い！
フェデリコ　あまり縁起でもない話だがねおかみさん、葬儀がこのところ急に増えて、葬儀屋のオレもこの若い坊さんも実入りがよくて大忙がし、たいへんなんだ。葬式は出してやる、神に召されて祝福されるが、どっこい死なない、生きとるんだ。
レイチェル　なんですって？
アントニオ　ちゃんと引導を渡してやるんだが、ちゃんと生きている。
レイチェル　あら、どうしてなの？
フェデリコ　（声をひそめて）ホラ、おかみさんの嫌いな戦争がおっ始まりそうだろう、テロは邪悪だ、こっちは正義だなんて、戦争をやりたがる国がある。若者たちは兵隊に狩り出されるのが嫌なんだ。
（笑う）考えたもんだ、今どきの若者は。
アントニオ　神に召されたとなりゃ戦場にのこのこ出て行くわけにいかん。

フェデリコ　というわけでちゃんと生きている。
アントニオ　そこで私がこのカルル・ハインリッヒのお耳に入れた。葬儀はしてもらったが生きている若者がウヨウヨしている。この連中はパイレーツ、海賊の乗り組に持ってこいだ。
カルル　戦争に狩り出されるのが嫌だという若者は、わが海賊の立派な乗り組だよ。目的もなく戦争に行くのではなく、海賊は自由だ、じぶんで目的をつくり出す。われらの海賊は自由の王国、ぼくの夢、ぼくのロマンだ。どこの国にも属さない、誰の持ち物でもない、独立自営の海賊だよ。
レイチェル　も一杯、いかが。（ワインを注ぐ）
カルル　みながみな徴兵拒否というわけではないにしろ、若さ溢れる若者たちだよ。今日の集まりでよくわかったよ。
フェデリコ　そこで本業の船大工に起ちかえったよ。ティー・クリッパーより速い、飛びっきりの快速船の建造だよ。風をはらみ波を蹴って大海原を突っ走る。
レイチェル　この嫌な沈滞しきった世の中に、胸のすくような嬉しいお話ね、ああ、うっとりするわ。あんたたち、いい人たちかもしれないわね。（フルガンツィオを指して）でもこの方は誰？
カルル　フルガンツィオだ。フィレンツェきってのレンズ磨きだよ。
レイチェル　おお……傾く星座の彼方へむかってレンズを向ける、まるで無口な人！　男のロマンに乾盃しよう。
カルル　ムッター・レイチェル、男だけじゃないんだ。わが海賊は女も乗り組む。男たちが女も連れて来た。仕方ないんだ。
レイチェル　仕方ないとはなあに？　女系家族の太古に起ちかえるのよ。女の海賊か！　おおヴィーナスよ、おおベアトリスよ、そしてニンフが髪をそよがせるのよ！　仕方ないなんて言ってる場合じゃないわよカルル・ハインリッヒ！　最高よ、前代未聞よ、私の夢よ！　飛びっきり秘蔵のワインで乾盃だ、奥の倉から持ち出すわ。

レイチェルは店の奥へ走り去る。

フルガンツィオ　心配だな……店のおかみに何もかも話して、いいかなあ？

カルル　フルガンツィオ、世界中がぼくらの敵だよ。ということは世界中がぼくらの味方でもあるんだ。そうだろう？

この時、一人の女がやって来る、ピヤアンジェリ。カルルの妹である。

ピヤアンジェリ　（男たちに腰を屈《かが》めてからカルルに）やっと見つけたわ、こんなところにいらしった！

カルル　どうしたんだ？（男たちに）妹だ、アンジェリカ。

ピヤアンジェリ　さんざ探したのよお兄さま！　大変なの、とっても大変よ！

カルル　なんだい？

ピヤアンジェリ　ズッペ、ご存知でしょう、ならず者のズッペ。ズッペが荒くれ男たちを集めて、海賊を組むそうよ。

カルル　なんだって！

ピヤアンジェリ　わたし、聞いたの。ズッペがうそぶいたそうよ、ヨーロッパで一番強い海賊を組むんだって。音に聞こえた東洋の倭寇より強い海賊で、ハインツたち……お兄さまたちのことよ、ハインツ坊やのへなちょこ船なんか、ジブラルタルの手前で海の藻屑にしてやるって。大変だと思ってわたし、探したのよ、早くお知らせしようと……さんざん！

カルル　ありがとう！
フェデリコ　ジブラルタルか。
カルル　面白いことになったな。
ピヤアンジェリ　お兄さまは楽天的だから！　面白くなんかなくってよ！
アントニオ　ならず者荒くれの海賊と、われらの……。
カルル　理想主義が勝つか、現実主義が勝つかだよ。
アントニオ　これは永遠のテーマだ。
フェデリコ　船のことなら俺にまかせておけ。
ピヤアンジェリ　理想主義は架空の空の彼方ではなくって、現実との戦いの中から生まれるんでしょう？
カルル　そうだよアンジェリカ、それだよ。
　レイチェルが出てくる。
レイチェル　さあご馳走よ。それに取っておきのワイン！　（ピヤアンジェリに）あら？
カルル　ぼくの妹だよおかみさん。
レイチェル　（ピヤアンジェリと抱擁して、カルルに）さっき聞きもらしたんだけど、目的をじぶんでつくると仰有ったわね。どういうこと？
カルル　じぶんたちの未来は、じぶんたちで創り出すということかな。はじめから目的があるんじゃないというわけだ。
レイチェル　（なんどもうなずきながら考える。やがて——）さ、みなさん、乾盃しましょう！

歌声が聞こえてくる――

レイチェル　あれは誰？

ピヤアンジェリ　マルガリータよ。わたしと一緒に来たの。

カルル　隣の領地のお嬢さんだ。

フェデリコ　味方ですか、敵ですか？

カルル　わからない。

マルガリータが来る。

彼女が歌う――

「告げてよわれに」

告げてよわれに
愛のことばを
聴かせてほしい
あなたの声を
偽りのことばなりとも
あたしの胸はときめくの

朝の小径　夕べの窓辺
髪を掻きあげ　睫毛は濡れて

あなたの声を　待っている
あなたにむける　熱いまなざし
あなたにそむく　せつない背中
わかってほしいの　あたしの心

告げてよわれに
愛のことばを
「ウソでもいいから好きだといって！　」

マルガリータは傍若無人に、カルルだけにむかって歌う。
だが一同はその歌に惹きつけられる。
——
マルガリータ、歌い終る。
拍手。

カルル　（紹介する）マルガリータだ。だがなんで此処に現われたか、わからない。
マルガリータ　追いかけてきたの、あなたを。アンジェリカと一緒よ、お聞きになったでしょ？
レイチェル　新しいお客さまをお迎えして、盃を挙げましょう。新しい未来のために！　男のロマンの門途のために！
一同、グラスを挙げる。

マルガリータ　でも海賊なんてつまらないわ。男のロマンを語るがいいわ、そんな年でもないのにおじさんみたい、まるでおやじ。
カルル　（フェデリコに）どうやら敵らしい。
フェデリコ　カルル、あんたは女に弱いですからなあ。
カルル　手強い敵がやって来たよ。
フルガンツィオ　すべての敵は味方とおっしゃいましたが。
　一同、笑う。
ピヤアンジェリ　（マルガリータに）ね、甘いのよ兄キ。
マルガリータ　甘いところもいいみたい。
ピヤアンジェリ　ダメ、そんなこと言っちゃ……それにウソでもいいから好きだと言って、あんな歌もダメ。こうして二人で兄キを追いかけて来て、ならず者の海賊のこと教えてあげても、兄キたちときたら柳に風、祝杯を挙げて、男のロマンなんて言ってる。ガッカリだわ。
マルガリータ　カルルのこと、捉えどころが無い。
ピヤアンジェリ　もっとしゃんとしなくちゃ！
マルガリータ　うんうん。
アントニオ　そこのお二人さん、どうされましたか？
ピヤアンジェリ　（ふりむいて）つまらない若者をかき集めて、あなたたち、どうするつもり？
カルル　つまらなくはないよ、立派な連中だ。今日の集会でよくわかったよ。
ピヤアンジェリ　むこうのキャンプでその若者たちを見てきたわ。あんな連中で海賊がやれると思っ

てらっしゃるの？　（マルガリータをつつく）

マルガリータ　あの人たち、徴兵拒否なんかではなくってよ。

ピヤアンジェリ　ズボラでずらかっただけ、信用できないと思うの。お兄さまはごじぶんの夢を見てるだけなの。

カルル　わかったよアンジェリカ。

ピヤアンジェリ　ほんとにわかったのかしら？

マルガリータ　（カルルに）お願いがあるの。

カルル　なんだいマルガリータ？

マルガリータ　あなたのお仲間に入れてほしいの、あたし。

ピヤアンジェリ　呆れた！

カルル　ぼくらの仲間は出入り自由だよ。扉は内《なか》びらき。

マルガリータ　ありがとう。

レイチェル　嬉しい！　あたしも入れて！　飛びっ切りの料理よ、男のロマンのただ中であたしはおいしい料理を受け持つわ。

ピヤアンジェリ　女はロマンなんて無いの。理想があるの。ロマンじゃなくて理想よ。それもいつの日にかではなく〝いま〟なの、いまを理想に生きるの。男たちは権力を夢みるけど、女はいまを美しく生きるの。（マルガリータをつつく）

マルガリータ　いまが大切なの。

ピヤアンジェリ　いまがなければあしたもないの、いまがダメならあしたもダメなの！

マルガリータ　女がメークアップするのは、だからなの。
ピヤアンジェリ　そのうち美しくなろうなんて考えないの。
マルガリータ　いま、美しくなければならない、と思うわ。
ピヤアンジェリ　(アントニオに) 神父さま、さっき理想主義のこと仰有いましたが、カルルの海賊の理想主義の、第一の特長はなんですの？
アントニオ　そうだなあ……なにを措いても若いということでしょうね、それに大事なことは女性が乗り組むことです、これは前代未聞のことです。(カルルに) そうだね。
カルル　自由であること、自由であることを怖れないこと。自由への憧れを持たない奴は拒否するが、海賊は若さを創り出すんだ。自由を創り出すんだ。新しいということを創り出す、それが海賊だ。

若者たちが走りこむ。
音楽——
みんな踊る。
船の帆が降りてくる。
激烈な踊りに高まっていく。

Ⅲ　合唱　船出の歌

（男声のスキャットなんかあって）
……　……
（混声合唱）
船出　船出
俺たちの門途
綱を引け　錨を巻け
帆よ揚がれ　風を孕め
若い生命の出発だ　出発だ
叩きこわせ　古くなった世の中を
壁を破れ
若者をとり囲む
掟をこわせ
若者を閉じ込める
みんな集まれ
新しい仲間たち
（シュプラッハ）

新しいもの。
俺たちが創り出す！
美しいもの。
俺たちが創り出す！
若さ。
俺たちが創り出す！
自由。
俺たちが創り出す！
（歌う）
船出　船出
俺たちの門途
綱を引け　錨を巻け
帆よ揚がれ　風を孕め
若い生命の出発だ　出発だ
（男声スキャット）
……　……
……　……

Ⅳ　夜の広場

篝火に龍骨が浮かびあがる。
若者たちが群れている。

ある焚火を囲んで——

男1　自由って創り出すものかなあ？
カルル　自由は創り出すものだよ。
男2　もともと自由はあるものだ、俺たちがそれを獲得できないでいるんだ。そうではないですか？
ピヤアンジェリ　自由なんてもともとなかったのよ、あたしはそう思う。あれはイギリスの植民地主義がつくり出したものよ。そんな自由が信じられる？
カルル　アンジェリカの言う通りだよ、侵略者の自由があるだけだ。だからオレたちは自由というものを新しく創り出すんだ。

アントニオ神父が来る。

アントニオ　夜が冷たい、心が寒い、ですな。
マルガリータ　心は熱い、ですわ。
アントニオ　此処は自由について語っとる。
ピヤアンジェリ　イギリス植民地主義の自由じゃなくて、あたしたちはもっと誇り高い自由でなくてはならないの。
男3　どんな自由ですか？
マルガリータ　（考える）……自由でありたいと願う心、それが自由なの。
男3　はあ……？
カルル　自分に対して自由であれと命令する自由、そう言ったらいいかな。
男1　個人の自由か。
カルル　個人の自由？　そうかなあ。
ピヤアンジェリ　個人の自由という時には、他人の、自分以外の他者にも自由があることを考えるべきじゃないこと？
男2　というと、どういうことになるかな。
マルガリータ　隣人、おとなりの人の自由を考えることでしょう。（歌う）隣人のため、焚火せん。
皆で（歌う）隣人のため、焚火せん。
カルル　ブルジョワが個人の自由を言うとき、それによって人々をバラバラにして、ブルジョワに都合よくあやつるんだ。
男1　でもカルル・ハインリッヒはブルジョワでしょう。領主も殿さんも実はブルジョワじゃないですか。
アントニオ　間違いないよ。（笑う）
カルル　ぼくは、海賊だよ。
男3　そうか、個人の自由じゃ海賊はやれんな。

アントニオ　個人の自由ということをいわなければ、ブルジョワは金儲けができんのだよ。
男1　神父さんがそんなこと言っていいの？
アントニオ　わたしも海賊だよ。
もう一つの群はレイチェルのおかみさんを囲んでいる。
女a　そんなに大事なことかなあ、美しいってこと？
女b　大事よ、大切よ。（女aに）あなたなんか美人だからそんなこと言えるのよ。
レイチェル　でもねぇ美しいということばには、なんの意味も内容もないのよ、勝手気儘なの。わたしたちがつくり出すのよ新しい美しさを。一人ひとりがじぶんでつくるのよ。
女a　それならわかる。
女b　男本位の、男から見た美しさじゃなくね。
女a　だったら不美人なんて存在しない。
女c　あたしは美人よ。
男4　そうかな？
男5　難しい問題だ。
女c　なにが難しいのよ。なにか問題ある？
男5　いや、ない。
女c　ホレ、ごらんなさい。
女d　海賊ってこんな話するの？　もっと勇ましいのかと思ったのに。
レイチェル　あら、これ勇ましい話よ。

女ａ　そう、とっても勇ましいわ。
女ｅ　（笑う）おもしろい、おもしろいわ。
男４　まったく新しい美しさをつくり出すんだ。
女ｃ　それ、どういう意味？
男４　だってサ……
女ｃ　なにがだってさ、なの？　あたしがまったく美しくないみたいじゃない。
男５　男にだって言い分あるよ。
レイチェル　古いのよ男性は、古いじぶんたち男本位の殻から脱け出せない。
女ｅ　女にもタイプがあるわ、ちょっといいとか、いけ好かないとか。
男４　たいへんだ。（笑う）
フルガンツィオ　わたしがレンズを磨く。望遠鏡で遠くの物が近くに見える。だが何が見えるか、その見る人の問題だよ。つまりだ、つまりってことじゃないが、望遠鏡を覗いている人がなにかを発見しないなら、見えている眺めはただの景色、風景だよ。ガリレイが望遠鏡を空に向ける。問題は望遠鏡じゃない、ガリレイその人ですな。
レイチェル　海賊が何を見るか、でしょ？
女ｃ　するとあたしが見えてくる。
　　　フェデリコがくる。男６、男７もやってくる。
フェデリコ　マングース、知ってるか？
男６　ハブなんかと喧嘩するやつだ。

男7　でもイタチみたいで、かわいい。
女c　あら、そう。
女a　レイチェルさん、マングース見たことあります?
レイチェル　ないわ。
フェデリコ　マングースが群をつくっているそうだよ、マングースが。
フルガンツィオ　たしか、単独で出没すると聞いていましたよ。
フェデリコ　それが群をつくって生きるようになったということだ、俺はまだ見たことないんだが。
フルガンツィオ　何処で?
フェデリコ　アフリカ、サバンナで。牝は群のなかのこどもなら、みんなに乳を飲ませる。じぶんのこどもだけじゃないという。牡はみんなで餌を探しに狩りに出かける。そしてハブだろうがマムシだろうが、群が集まって一斉に立ちあがって威嚇するようになったそうだ。するとハブの奴おじけづいて逃げるんだ。
アントニオ　こどもの集団保育も大したことだが、マングースが集団で外敵と斗うなんて、聞いたこともなかったよ。
フェデリコ　最近になってのことらしい。本能としての習性を変えたらしいよ。
女a　かわいい!
女b　あたしは図鑑でしか見たことない。
ピヤアンジェリ　マングースが生きかたを変えたのよ、お兄さま!　どう思う?
カルル　ぼくらと一緒だ。ぼくらも生きかたを変えようとしている。

マルガリータ　あたし、提案していいかしら？　あたしたちの新しい船の名前、マングースというのはどうかしら？

フェデリコ　マングース号か！

カルル　カティーサーク号もよかったが、マングースはいいな。すっくと起ち上ったマングースを船首に飾りつけよう。（若者たちに）諸君、どうだい？

〈合唱〉　マングース

みんな集まれ　マングース　マングース
起ち上がるんだ　マングース　マングース
智恵を出し合え　マングース　マングース
生きていくため　マングース　マングース
古い生きかた　マングース　マングース
こわして進め　マングース　マングース
新しいものを　マングース　マングース
つくり出すんだ　マングース
マングース
マングース

V　キャプテンを選ぶ

大きな帆、縄梯子。
海賊たち全員が集まっている。

カルル　ぼくらの船マングース号が船大工フェデリコの指図、みんなの労働、男も女も協力しあって、ついに完成した。いよいよ出帆だが、今日これから出帆を前にキャプテンを選ぶことにする。ぼくはマングース号建設のための資金を提供したので、ぼくの役目はこれで終わった。船にはキャプテンが必要だ。キャプテンは選挙で選び出すことにしよう。

アントニオ　選挙のやり方について提案する。海賊全員でまず五人を選ぶ、選ばれた五人が相談して五人の中からキャプテンを選ぶというのはどうだろう？

みんな、拍手する。

アントニオ　ありがとう。それでは板を配ることにする。

レイチェルが投票用紙を配る。

ピヤアンジェリ　みなさん、わたしは船に乗りません。海賊は好きですがわたし、国に帰ってマングース号のことを父に知らせなければなりません。ボヘミヤはいろんな人たち、いろんな宗教が入り交じっていますが平和なところです。マングース号も人種や宗教を超えて、ほうとうの自由な生きかたを探してください。海賊は言ってみればよい仕事とはいえません。でも今の世界には最低のことが人を覚醒させるのです。どうか世界を相手に斗ってください。

　　　みんなが拍手して声をあげる。

女e　あれ、誰？

男4　カルルの妹だ。

女d　五人、書くのね。

レイチェル　そうよ、五人。

男5　四人でもいいのか？

レイチェル　いいけどなるべく五人。

女c　一人はダメ？

アントニオ　五人。

　　　投票用紙をフェデリコが集める。

　　　音楽流れ、みんな踊る。

　　　縄梯子をのぼる若者もいる。

　　　音楽が止む。

アントニオ　選挙で選ばれた五人を発表する。カルル！　フェデリコ！　ゾフィー（女a）　シクステン（男1）　マルガリータ。

　　　拍手――

　　　五人が中央に集まる。

ピヤアンジェリ　わたし提案があります。

アントニオ　なんです？　どうぞ。

ピヤアンジェリ　アントニオ神父の提案ではここにいる五人がキャプテンを選ぶことになってるんだけど、キャプテン、船長はとても大きな権力を持たされるのです、絶大な権力よ。

男2　それに絶大な責任！

ピヤアンジェリ　わたし思うんだけど絶大な権力を握った者は、いつまでもその権力の座にしがみつきたくなるものよ、そうじゃないこと？

若者たちがざわめく。口々に「そうだ」「そうかなあ？」「そうに決まってるよ」「いいこと言うな」「これまでにもそうだったし、これからもそうよ！」などなど。

ピヤアンジェリ　わたしの提案。これから五人の人はクジを引くのです。キャプテンのクジ一つ、キャプテン補佐役、つまりスタッフ・キャプテン二つ、もう一つは無罪放免……どうかしら？　このクジ引きで権力を欲しがる、人間のよくない性質を防ぐことになると思うんだけど、どうかしら？

みんな、あっけにとられているが、やがて大きな拍手が起る。

アントニオ　おもしろい提案だ。古いギリシャのしきたりを、ピヤアンジェリが蘇えらせてくれた。

フェデリコ　だがどうかな？　うまくいくかな？　海賊は生きるか死ぬかの大事業だ。こんな提案を受けいれていいかどうか？

カルル　やってみなければわからんよフェデリコ、君は経験のある立派な船大工だ。やってみもしないで新しい提案をチェックするのは、古くさい老人のやることだよ。

男1　（シクステン）　でもオレがキャプテンのクジを引いたら、オレはキャプテンになるのか？

マルガリータ　そうよシクステン、キャプテンになるのよ。

フルガンツィオ　一つのアイデアを思いついたら、まず、やってみることだ、ちゃーんとした理由がある時には。レンズの組み合せ方だってそうだよ。

レイチェル　料理もそうよ。それにカクテルだってアイデアなんだから。

フェデリコ　これは恐ろしい海賊だ。

カルル　そうだよ、オレたち、恐ろしい海賊をつくるんだ。

〈合唱〉　恐ろしい海賊の歌

大海原の波を蹴たてて
一匹の怪物が
マングースが行く
安らかな眠りを醒まして
怪物が
マングースが行く

——間奏

俺たちは海賊をつくる
恐ろしい海賊をつくる
恐ろしくない海賊なんてあるだろうか
愛される海賊なんてあるだろうか

金銀財宝を掠め奪るんだ
理想に燃えて斗志を抱き
世界の海に船出するのだ
打ち鳴らせ　出船の合図
新しい鐘の響きよ

アントニオ　クジ引きの結果を報告する。

みんな拍手。

アントニオ　キャプテン、ゾフィー！

女a（ゾフィー）前へ出る。

アントニオ　無罪放免、シクステン！

男1（シクステン）前へ出て坐る。

アントニオ　スタッフ・キャプテンはカルル、フェデリコ、マルガリータ！

カルル、フェデリコ、マルガリータ、前へ出る。

音楽――

「恐ろしい海賊の歌」のメロディーによる舞曲が流れて、みんなが踊る。

それが止まる。

キャプテン・ゾフィー　恐ろしい海賊をつくるために、あたし、真剣にやるわ。恐ろしいってことがどんなことか、つきとめたいの。

Ⅵ　舳先の夜

ゾフィー、マルガリータ、そしてピヤアンジェリの三人が海風に吹かれている。

ピヤアンジェリ　ゾフィー、出帆はいつになるの？
ゾフィー　そうね……クルーたちがもう少し練習したいと言ってるの、帆綱のこと、舵取りのこと、錨のこと、彼らは練習したいのよ。
マルガリータ　じぶんでじぶんを鍛えたいのよ、そう言ってる、カルルも。
ピヤアンジェリ　カルルのことばかり言っちゃダメ、マルガリータ、あなたも海賊なんだから。
マルガリータ　だって……。
ピヤアンジェリ　だってもダチョウもないの、海賊はだってなんか言わないのよ。
マルガリータ　そうね、そうなんだわ。
ピヤアンジェリ　わたしは明日の朝ボヘミヤへ発つわ、ズッペたちのこともあるでしょう……だから。
マルガリータ　そうよ、あたしも海賊になるの、どお、似合う？
ピヤアンジェリ　似合うも似合わないもないのよ。そうよ、似合わない海賊なのマングース号は、これまでにない海賊よ。
マルガリータ　あたしは似合わない海賊、そうなんだわ。
ピヤアンジェリ　言っておきますけどね、ウソでもいいからなんて言わないの、ほんとでなくちゃ。それにズッペたちはならず者のあらくれ男ばかり、これもほんとよ。ジブラルタル海峡でこの船を、この船を海の藻屑と沈めてやるとうそぶいてるわ。

ゾフィー　あたしたちは恐ろしい海賊になりたいと思っている。だから恐ろしいってどんなことかつきとめなくちゃ。マングースの海賊は、海賊以上の海賊になるのよ。

ピヤアンジェリ　そうだわゾフィー！

マルガリータ　あたし……人間的って何かうまく言えないけど、非人間的なことが何かはわかるつもり。人喰いザメは退治しなければならない、そうでしょう？　人喰いザメのようなズッペたちの髑髏号の海賊と戦うなかで、あたしたちはあたしたち以上のものを創り出す、ゾフィー、あなたはそう言ってるんだわ。カルルのこと言うとアンジェリカにまた叱られそうだけど、あの人は人殺しできるような人じゃない。マングースの若者たちも人殺しできないと思うの、だって戦争行くのが嫌で海賊になったんだもの。

ゾフィー　それを考えていたの、あたし。人殺しなんかやらない海賊よマングースは。

ピヤアンジェリ　スゴイことね、これは。ゾフィー、マルガレーテ。……太古のむかし……女中心の母権的な世界から男性本位の家父長的世界になってから、人間は人間を殺す戦争をやるようになった。それを変えるのよキャプテン・ゾフィー！

ゾフィー　人殺ししない海賊、それを実行する、これまでになかったことね。

ピヤアンジェリ　これまでになかったことをマングースたちが始める。

マルガリータ　美しいことだわ、そうよ、新しいことだわ。

三人が歌う――

〈女声合唱〉　夜の海で歌われた歌

夜光虫に濡れて
イルカたちが泳いでいる
夜空に瞬いて
星くずたちが光っている
海の風に吹かれて
歌っているのはあたしたち
ああ　美しいもの
これまでにないもの

Ⅷ　ジブラルタル海峡

男たちが獲得物、掠奪した金銀財宝を担いで走りこんでくる。
女たちが獲得物を仕分けし格納する。
縄梯子を上下する男たち——

カルル　キャプテン・ゾフィー
ゾフィー　あたし、初めての戦いで気も顚倒しそうよ！　これ、エクスタシーだわ！
男3・4　エクスタシーだって！
カルル　マングース号をジブラルタルの海の藻屑と沈めようとしたズッペの髑髏号を、ぼくたちが打ち負かしたんだ。
フェデリコ　強い！　うちの若い衆は想像を絶する強さだ！
マルガリータ　あたしたちマングースがならず者の荒くれに、勝ったのよ。
レイチェル　強いよ、恐ろしい海賊よマングース！　ああ、ゾクゾクする！　あたしだってエクスタシーよ。
アントニオ　こっちの被害は？
フルガンツィオ　怪我人一人、死者なし。
若者たち、男も女もゾフィー・キャプテンの周りに集まってくる。
ゾフィー　海賊マングースの処女航海の、最初の戦果よ、みなさん、有難う！

一同、雄叫びをあげる。

ゾフィー　船を襲うが人を殺さないというマングースのしきたりが、よく守られました。投降し、降参した敵は保護され、ボートで漂流させることも実行されました。わたしたちの申し合わせをよく守ってくれたと思います。みんな、素敵よ！

一同、雄叫び。

フェデリコ　いやこれはただごとじゃない、俺は常日頃の考えをひっくり返された。口先だけでうまいこと言う若者たちだと思うとったが、シャッポ脱ぐ。ジブラルタルの栄光、われ等にありだ、カルル！

カルル　戦争で人を殺せば誉められて英雄になり、戦争でない時に人を殺せば殺人犯として罰せられるという、バカ気た常識をわれ等マングースがひっくり返したんだ。ゾフィー・キャプテン、大成功だ。

男1（シクステン）が投降したズッペを連行してくる。

シクステン　投降した海賊髑髏のキャプテン・ズッペだ。

ズッペ、その場に坐りこむ。

ズッペ　ヘマやらかした、こんな筈じゃなかったがヘマやった。さあ、殺せ！　煮てでも焼いてでも食え！

ゾフィー　あんた一人だけ？

シクステン　ほかの奴らはボートで逃がしてやったんだ。

ズッペ　俺は男だ、覚悟しとる、いさぎよく死んでやる。さあ、とっとと殺《や》れ！　へなちょこ海賊と思うとったが不覚をとったよ。思いのほかお前らは強かった、マングースみたいに眼を光らせてお前らが追ってくると、おいらブルっちまった。それにしてはうちの連中、意気地がなかった、常日頃大きな口を叩いて威勢のいい荒くれが、いざとなるとからっきしよ、こっちのほうがジブラルタルの藻屑だ。（笑）さあ、血祭りにあげてくれ！

ゾフィー　刃向かうことを止めて降参すれば、もう殺したりしないよ、マングースは。

ズッペ　へえ……殺さんのか？　本当に殺さんのか？

ゾフィー　そうよズッペの親方。

ズッペ　（カルルに）この女は？

カルル　マングースのキャプテンだ。

ズッペ　（ゾフィーに）あんた、キャプテンか？

カルル　そうだよズッペ。

シクステン、ズッペの縄を解く。

ズッペ　海賊のキャプテンが女か！　常識じゃ考えられん、並外れだ、無茶だ！

マルガリータ　常識だの並外れだの、ズッペさん、それでもあなた、海賊なの？　この人のために「常識の歌」を歌いましょう！

〈合唱〉　常識の歌

常識がないぞと言って
叱られた
常識なんて大嫌い

常識なんてぶっ飛ばせ
赤信号　みんなで渡れば怖くない　怖くない（くり返す）
——間奏
俺たちは常識を押しつけられたが
俺たちは常識なんか信じない　信じない
生きのいい俺たちを
骨ヌキにするために
むこうみずの俺たちを
やんわりと腐らせる
常識を押しつけるのは
やめろ！
——間奏
起てよ若者たち　今ぞ時は来た
醒《めざ》めよきょうだいたち　戦いはいま！

錨をあげろ
帆を高く張れ
大海原の雲の涯《はたて》に
舳先をまわせ

Ⅷ　船の甲板

夜。

男（ミッケ）と女c（マリー）がくる。

マリー　あなたの言ったことヘンよミッケ。1プラス1イクオル2というの、おかしいって言ったでしょう。
ミッケ　16プラス23イクオル39と暗算するのがおかしいと言ったんだよ。自分の手の中にないものを世の中の規則に従って判断するなということさ。常識に埋《うず》もれないで生きるんだよ海賊は。
マリー　女と男がいて、決まって愛が生まれる。常識でしょう、これ？　常識に従ってはいけないのかしら？
ミッケ　愛は常識じゃないよ。
マリー　常識でなかったら、なに？
ミッケ　愛は、なぜかしらんが愛だ。
マリー　なぜかしらんがあたしのこと好きになったの？
ミッケ　なぜかしらんが好きだ。

マリー笑う。ミッケ笑う。

二人、抱き合う。

マリー　ステキよミッケ、なぜだか知らないけれど。

ミッケ　最初の集まりの時からだ。
マリー　ジブラルタルの最初の海賊、どうでした？
ミッケ　凄かった、あっという間に打ち負かしてしまった。マングースの連中、みんな強いよ。
マリー　あなたが強かったのよ、あたし、見ていたのよミッケのこと。

　カルルとマルガリータがくる。

カルル　ジブラルタルは地の涯だ。ジブラルタルを出て、新しい世界にマングース号は乗り出して行くのだ。
マルガリータ　未来がはじまるんだわ。カルル、今はもう未来なのよ。あたしとカルルが未来の中にいる。
カルル　魅力的だよマルガリータ、セクシーだよ。
マルガリータ　可能性はあるの、でも約束はまだないの。
カルル　（笑）女の媚態の前では男は殆ど無力さ。

　二人は抱き合う。
　アントニオとレイチェルがくる。

レイチェル　ジブラルタルでズッペたちの髑髏号をやっつけたら、マングースの中は春みたいになったようね。神父さまとして気分はいかがです？
アントニオ　わたしたちは夢へむかって、理想主義をすすめていくのです。
レイチェル　理想は空のむこう、遥かの彼方にあるのじゃなくて、いまの、この現実の中から生まれる。そうじゃなくって、神父さま？

アントニオ　そうです。いまが大切なのです。時はただ絶えまなく流れるのではないとわたしは考えています。
レイチェル　時は流れないの？
アントニオ　一瞬、一瞬と、時は停って、次の一瞬にむかう。いま、そしていま、としてすすむのです。
レイチェル　いま、そしていま。神父さま、すばらしいわ、さすがアントニオさまね。いま、このいま。あたしを抱いて、アントニオ！
アントニオ　誘惑とは甘美なものです。
レイチェル　どっかで聞いたセリフだわ。
アントニオ　だがわたしは一人の聖職者として、マングースの海賊を見守っていく義務があります。レイチェルさん、マングース号はこれまでにない、美しい夢を掲げた海賊です。これで世界が変わるかもしれないが、風紀を乱してはならんのです。
レイチェル　男と女が愛し合うと、風紀が乱れるのですか？　愛は自然そのもので美しいことなのじゃありませんの？（笑）
アントニオ（笑）よく言うじゃありませんか、愛は盲目だって。マングースは眼を大きく見開いていなくてはなりません。ジブラルタルの海峡でわたしたちは地中海から、世界の未知の海、大西洋に漕ぎ出したのです。心を強く持って、若者たちの新しい海賊を見守りましょう、レイチェル、あなたはわたしにとってかけがえのない友人です。

キャプテンのゾフィーと男1（シクステン）がくる。

ゾフィー　むこうへ行ったのはレイチェルと神父さんでしょう、レイチェルはいつも一緒だわ。

シクステン　キャプテンとしては気を使うか。いいじゃないか、大人だもん。
ゾフィー　いよいよ未知の海ね。未知の海よ。
シクステン　きみ、舵取りは？
ゾフィー　フェデリコさんがブリッジにいるの、少し休んで来いって。
シクステン　フェデリコさんは老練だ、頼りになる、いざという時。
ゾフィー　潮の流れをつかむのは難しいの。フェデリコさんは風まかせでいいと言うの。目的の港がある航海はボエジだけれど、風まかせの回遊はクルージングというそうよ。根拠地の島をどこかに見つけなければ。新鮮な果物や野菜が欲しいわ。
シクステン　根拠地か。水も補給しなくちゃならんだろう。無人島を探すんだな。
ゾフィー　そうね、深い入江があって。
シクステン　その入江の奥で船を休める。いよいよマングース号も本格的な海賊だ。
　　フルガンツィオがやってくる。
シクステン　やあフルガンツィオ。
フルガンツィオ　本格的な海賊かあ？　だったらこれまでのオレたちはなんだい？
シクステン　かけ出しの海賊。
フルガンツィオ　かけ出しか。（笑う）
シクステン　海賊じゃないけど、スゴイ山賊の話を学校で教わったことがある。
フルガンツィオ　山賊？　スゴイの？
シクステン　ヒンズゥクシ山脈って知ってるだろう？

フルガンツィオ　知らんな。

シクステン　パミール高原だよ、六〇〇〇メートル級の山々が連らなっている。そのある洞窟に若い男女が集まっていた。ハシシをやり、強い酒を飲む。暗殺者集団なんて歴史は書いているけど、そんな暗いもんじゃない、ある理想を持ち、夢を抱いていた。

フルガンツィオ　なんだ、マングースみたいじゃないか。

シクステン　シル・ダリア、アム・ダリア。あの二つの河に挟まれた土地も戦乱が絶えなかっただろう？　何百年も、だから若者たちがヒンズゥクシの高い山の洞窟に集まって……そうだよゾフィー、根拠地を造ったんだ。

ゾフィー　ねぇレンズ磨きさん、あたしたちマングースも何処かの無人島に、根拠地を造りたいと思うんだけど、どう？

フルガンツィオ　そうだな、波に揺れない大地もいいなあ。乗ったよ。

ゾフィー　こんどみんなに相談する。

三人去る。

音楽が起る。

船艙から若者たちが走り出てくる。

集団舞踏が始まる。

美しく優しい、そして力強い踊りだ。

カルルとマルガリータも、マリーとミッケも、レイチェルとアントニオ神父も、来る。

踊りの輪の中に入る。

IX ロックウッド島

(A)

大西洋上のある無人島の深い入江の奥に、マングース号が錨をおろしている。三本マストが見える。

丸木作りの卓と椅子。

キャプテンのゾフィーを囲んで、カルル、フェデリコ、マルガリータ。

フェデリコ マングローブも豊かに茂っている、入江も深く入《い》りこんでいる。ゾフィー・キャプテン、マングースの隠れ家には持ってこいだよ。地図にも載ってない無人島だ。この島をロックウッドと名づけたのは誰だい？ いかした名前だよ。

ゾフィー ミッケですよ。

カルル 丸太作りの小屋、それに見張りの櫓《やぐら》も、どんどん出来ていく。連中のエネルギーは底なしだ。

フェデリコ 井戸を掘らなくてはならん。

ゾフィー フルガンツィオがもう掘りはじめています。

レイチェルがお茶を運んでくる。

レイチェル 地面が揺れないのでなんだかヘンよ。いつも揺れる床にあわせて歩いていたのに、揺れない土の上を歩くのもいいものね。

フェデリコ アントニオの神父さんは？

レイチェル　あの人、教会を建てようと思って、島を歩きまわってるの。
ゾフィー　シクステンに聞いたんだけど、ヒンズゥクシ山脈の奥深くに巣くった山賊がいたそうだけど、あたしたちは大西洋の奥深くにひそむ海賊なんだわ。
カルル　ぼくらはここ、ロックウッド島の原住民になるんだ。
マルガリータ　新しいマイノリティーよ、あたしたち。そう思わないゾフィー？
ゾフィー　そうね、原住民だわマングースは。新しい暮しをつくるのよ、このロックウッドで。カルルが思い描いたユートピアよ。そうでしょうマルガリータ。
マルガリータ　あたし、提案したいことあるんだけど。
カルル　なんだい？
フェデリコ　わかった、この島の酋長をつくるこったろう？
マルガリータ　酋長なんかいらないわよゾフィーが選ばれたんだもの。新しいことばよ、マングースに必要なのは。
ゾフィー　新しいことば？　どういうの、それ？
フェデリコ　いまのことばでいいんじゃないの？
マルガリータ　命令形のないことば、というのはどうかしら。
フェデリコ　命令形のないことば？
マルガリータ　人が人に命令しないの。
フェデリコ　命令しないのか！
ゾフィー　おもしろい！　もちろんあたしはキャプテンでも命令なんかしたことないけど。

マルガリータ　それでうまくいったでしょ？
フェデリコ　陰でオレが命令していたんだ。
カルル　命令形なしか。学生の頃ぼくは形容詞を口にしないで一日過ごせるか、やってみたことがあるんだが、それはそれは大変だったよ。美しい、素晴らしい、悲しい、淋しい……ダメなんだ。寂《わび》しい、なつかしい、恋しい、これもダメ。だが命令形なしだったら、やれそうだよ。
フェデリコ　どうするんだハインリッヒ。これをしたら、いかが？　いま、鉄砲を撃つのはどう？　おも舵いっぱい、ようそろ、いかが？
ゾフィー　おもしろいじゃない！　マルガリータ、賛成よあたし！
カルル　やってみようよフェデリコ。主人と奴隷の関係を人類からなくしてしまう、最初の試みだよこれは。誰が主人で誰が手下でもないんだ、マングースは。キャプテンだってクジを引いたじゃないか、ぼくたちは。
フェデリコ　そういえばそうだな。
カルル　これまでに、もうすでに下地ができているじゃないかマングースは。マルガリータ、いつ、こんなことを考えたんだ？
フェデリコ　歌ってよ好きだといって……なんてマルガリータ、これも命令形だよ。
マルガリータ　命令形じゃないわ、あれは哀願よ。
ゾフィー　哀願形なんてないわよマルガリータ。
マルガリータ　そうか。歌の文句も変えなくちゃ。そうね。
フェデリコ　ちょっと廻りくどくなるだろう、いいのかい？

マルガリータ　いいのよ、ユートピアのためだもの。歌ってみたら？　と仮定形にする。だったらいいでしょう？

カルル　仮定形だって気持は通じるよ、マルガリータ。

マルガリータ　ほんとに通じるのかしら？

ゾフィー　（笑）大丈夫よマルガリータ。

フェデリコ　言い出しっぺが心配するんだから、これは前途多難だよ。

カルル　フェデリコ、ぼくたちはもともと前途多難なことを始めたんだ、実験に実験を重ねる。やってみようよ。マルガリータの言うとおり、ユートピアのためだよ。

フェデリコ　……なるほど、やれ！　とは言わないんだね。

（B）

マングース号の船艙の中。

若者たち全員がたむろしている。

男2（ミッケ）が起ち上がる。

ミッケ　命令形のないことばを話そうという提案には賛成だが、もともとヒトがことばを話し始めた原初には〝文法〟なんか無かったのだ。このことをマングースの海賊は忘れてはならんと思うよ。文法は人類が国家というものを作るようになって、ということは主人と奴隷の関係ができるようになって、後から考え出したもので、文法なんてたいしたものじゃないんだ。マングースが命令形をやめようということは、主人と奴隷の関係を転覆しようという理想主義だとオレは思うよ。

拍手。

男3　そうだ、いいぞ！
男4　オレたちはオレたち以上のものになるんだ。
マリー　より美しく、あたしたちはより美しくなっていくのよ。ゾフィー、とってもステキな提案よ。
（女bに）そうよねぇケイティ。
ケイト　マングースの海賊になって、あたしはしあわせを感じとっているわ。
女d　あたしたちはこの島でこどもを産んで、新しい人類をつくり出しましょう。
ゾフィー　みなさん、ありがとう、ありがとう。今夜は最高よ！
男5　誰かが命令するんじゃない、みんなが新しいことを思いつくんだ。これはたいへんなことだよ。
男6　うかうかしてはおれんのだ。
女e　オレたち以上のものというのはとっても印象的だわ。
男7　新しい生活の習慣をオレたちは創り出すんだ。
男4　新しい現実を創り出す。オレたちがオレたち以上のものになる。もうなった。
シクステン　人類はこの地球上にいちばんおくれてやってきた動物だ。動物たち、それに昆虫たちが進化をつづけているのに、ヒトだけは進化を止めてしまっている。人間が人間以上のものをめざすというのは、新しい進化だよこれは！

〈合唱〉新しいことばの歌

（女声で）

地図にものっていない島
南の海の小さな島
南の海の小さな島で
小さな歌が生まれでる
（男声で）
古い世界を遠く離れて
新しいことばを話そう
オレたちはみんなオレたち以上のものだ
（混声で）
古い世界よ　さようなら
クレオール　クレオール
古い世界よ　さようなら
クレオール　クレオール
未知の未来の海に漕ぎ出す
若者たちよ
新しいことばと歌
クレオール　クレオール

X　マングース号の船橋（操舵室）

霧笛――
マングースはピッチングにローリングを重ねて、激しく揺れる。
舵輪を前に男1、2、3。
風の音、波の音――
飛沫。
ゾフィーとマルガリータが足を踏みしめるようにくる。

マルガリータ　なにも、見えないわ！
シクステン　（胴間声で）危ないよ！
ゾフィー　大丈夫よ！
ミッケ　マルガリータ、下の船艙に。
マルガリータ　行け！　と言いたくても言えないのよね。
ミッケ　そうですよ。
ゾフィー　ロープに摑まれ！　と言えない。
シクステン　そうです、言わない。
ゾフィー　こっちで摑まってるから大丈夫よ。
ミッケ　フェデリコは？

マルガリータ　（上を指す）物見櫓よ。

カルル、アントニオ、フェデリコがくる。

ゾフィー　交替よシクステン。

男たち、交替する。（男1、2、3は船艙へ下りていく）

フェデリコ　こんな霧の中から突然船が現われると、もうこっちのもんだよ。だから霧の中に眼を凝らすんだ。

カルル　石火箭《いしびや》の準備はできているよ。

マルガリータ　石火箭ってなあにカルル？

カルル　大きな矢で石や火を打ちこむんだ。

アントニオ　（笑）ひとたまりもなく向こうは降参する。

フェデリコ　この船は荒海《しけ》に強いんだ、ビクともしない。

濃い霧――

波浪――

高波が甲板を流れる――

舞台が変化して、濃い霧の中から乗り組みの若い男女の群が出現する。――ここは船艙である。

フェデリコ　聴いてくれ、提案がある。マングース号の活躍が知れ渡って、世界が怖れ戦《おのの》いている。若者たちがざわめく。「恐ろしい海賊の出現だ」「マングースの威力だよ」「世界が相手だ」「片っ端からやっつけましょうよ」「わたしたち以上のものよ」などなど。

フェデリコ　オランダとイギリスの連合艦隊が、マングース号にむかって戦いを挑んでくる。これは乗るか反るかの戦争だ。そこでオレは提案する。戦争には命令形が必要だ、命令のない戦争などあり得ない。

沈黙。

フェデリコ　この提案はオレの独断だ。キャプテンにも誰にも相談してはいない。どうだ諸君！　諸君はこれまで素晴らしい働きをやってきた、スゴい力を発揮した。これから立ち向かう強い敵に対して、武装した軍艦に対して、マングースは戦うんだ。それには規律が命令が必要だ。

沈黙。

ゾフィー　あたしもはじめてフェデリコさんの提案を聴きました。どうぞ、みなさんの声を！　判断を、お願いします。

カルル　ゾフィー、あなたの判断は？

ゾフィー　あたしとしての意見はあります。でもいまは、クルー達の声が大切です。

重い沈黙が流れる――

男4　オレたちはオレたち以上のものになるんじゃなかったのか。

男5　いまのオレたちを規律や命令で固めてしまうのかなぁ。

フェデリコ　カルルはどうだ？

カルル　いまはさし控える。

レイチェルとアントニオが大きな鍋にスープを運んでくる。

レイチェル　さあ、おいしいスープよ。難しいこと考える時は、おいしいスープが一番よ。さあ、どうぞ。

カップにスープを注ぎ分ける。

フェデリコ　なかなか！　手廻しいいなレイチェルさん。

カルル　食卓の司令官レイチェルさん、マングースの食糧や酒の蓄えは大丈夫だろうね？

レイチェル　大丈夫よカルル、つぎつぎに船を襲って掠奪すればいいのよ。マングースは自給自足よ。

アントニオ　さっきから話はきいているが、大変だな、カルル。理想主義。現実主義。永遠のテーマだ。

レイチェル　アントニオさんは神父さまだから、善と悪に分けちまうけど、悪のなかから善いものが生まれることがあるのよ。

アントニオ　断じて、そんなことはあり得ないよ。

マルガリータ　現実の戦いのなかから理想が生まれるのじゃないかしら。

アントニオ　戦う人間の心の中からね。

間——

女d　さっきのことだけど……戦争ということだけど……。戦争に勝ったとしてですよ、戦争というもののつまらなさがわからなかったら、何のために戦争するの？

女e　戦争に負けたとして、あら、ちょっと他人事《ひとごと》みたいで悪いけど……戦争というものの下らなさがわかれば、負けたっていいじゃない。

フェデリコ　みんな殺されるんだぞ。

女c（マリー）　逃げればいいのよロックウッドに。

ミッケ　俺たちは負けないよ、オレたちがオレたち以上のものになっていくんだ。だからフェデリコさん、命令形なんか必要ないよ。

フルガンツィオが長い望遠鏡を持って出てくる。

カルル　どうしたんだフルガンツィオ？

フルガンツィオ　これ、いまできたんだよ。望遠鏡だよ。ガリレオ・ガリレイが作ったものとおんなじ望遠鏡なんだ。ガリレイはこれを空に向けた、そして木星を見た。（みんなを見廻す）こんどはオレたちはこれを敵に向けようよ。そしたら戦争というものが見えるかも知れないが、それが何であるかを見るのは、諸君だよ。もちろんオレも見るがね。

シクステン　人間は進化を始める。それには合図が必要だ、命令じゃないよ。

音楽が起る。
霧が流れる――
突如として物凄い火焔。
そして轟音。
マングース号の帆がゆっくりと下降していく――

静寂。
廃墟に霧が流れる。

ピヤアンジェリがくる。

ピヤアンジェリ　命令形のないことばを話しつづけた海賊が消されました。

音楽が続いている――

――終――

音楽劇　消えた海賊
【初演】　東京演劇アンサンブル　広渡常敏演出
二〇〇二年三月十五日～十七日／二十三日～二十四日　ブレヒトの芝居小屋
三月二十日～二十一日　青山円形劇場　　三月二十八日～三十一日　東京芸術劇場

ヒロシマの夜打つ太鼓

時　現在

場所　広島

登場する人々

男　三〇代

影　七〇代

六郎太　二〇代

良平　五〇代

新吉　三〇代

五郎七　七〇代

加奈子　その孫、二〇代

葉子　三〇代

山村　五〇代

寿美　四〇代

耕治　その夫、五〇代

I　波止場の食堂（宇品）

五郎七の店「なぎさ亭」

カウンターの奥で五郎七。孫娘の加奈子が料理を運ぶ。うどん、そば、ラーメン、レバにら、そして味噌汁つきの定食もある。

六郎太、良平、新吉たちが来ている。

加奈子　（沖を眺めて）三角波が立つと小鰯がくるんだって。
良平　小鰯の刺し身できゅうっとね加奈ちゃん。（奥に）うどんは三人前だよ。おいらはとろろ入れてよ、山芋じゃないよ、とろろこぶだよ白いやつにして。
五郎七　（奥から）わかっとる。
六郎太　小鰯で一杯か、広島はみみっちいよ、何で鯛でぐっとやらんのだろう？　瀬戸内の鯛は玄海灘の鯛よりぐっと締まってうまいというじゃない。
良平　小鰯のうまさを知らんからそんな口がたたけるんだ、広島をバカにするな。
六郎太　バカにしとりゃせんがみみっちいんだよ。
新吉　若いよ六郎太、若いからそんなことが言える。
六郎太　オレ、広島のことあんまり好きになれんよ。
新吉　（良平に）な、これだよ。
良平　広島の人間の心のうちを知らんのだ。

六郎太　広島の心ってなんだい？
良平　広島は広島だよ、この宇品の風をちゃんと胸いっぱい吸うてみれ、小鰯の味がわかる。
新吉　おそいなあ葉子さん。
良平　くるっていうとったのか？
六郎太　ああ、いうとったよ。
加奈子　学校の先生も大変らしいの、予定がね、立てられんのだって。
新吉　なかなか、活動しとるんだあの人。
加奈子　葉子さんからこの本をもらったんだけど、その中にこんな詩があるの。読みあげるね。

ヒロシマというとき　　栗原貞子

〈ヒロシマ〉というとき
〈ああ　ヒロシマ〉と
やさしくこたえてくれるだろうか
〈ヒロシマ〉といえば〈パール・ハーバー〉
〈ヒロシマ〉といえば〈南京虐殺〉
〈ヒロシマ〉といえば　女や子供を
壕のなかにとじこめ
ガソリンをかけて焼いたマニラの火刑
〈ヒロシマ〉といえば

血と炎のこだまが　返って来るのだ
〈ヒロシマ〉といえば
〈ああ　ヒロシマ〉とやさしく
返ってこない
アジアの国々の死者たちや無告の民が
いっせいに犯されたものの怒りを
噴き出すのだ
〈ヒロシマ〉といえば
〈ああ　ヒロシマ〉と
やさしくかえってくるためには
捨てた筈の武器を　ほんとうに
捨てねばならない
異国の基地を撤去せねばならない
その日までヒロシマは
残酷と不信のにがい都市だ
私たちは潜在する放射能に
灼かれるパリアだ

〈ヒロシマ〉といえば
〈ああ　ヒロシマ〉と
やさしくこたえがかえって来るためには
わたしたちは
わたしたちの汚れた手を
きよめねばならない

長い間――

加奈子　葉子さんが教室でこの詩を生徒に配って、感想を作文に書かせようとしたら、偏向教育だと止めさせられたんだって、教頭に。そんなものは平和教育じゃないって言われたそうよ。
六郎太　そんな教頭、ぶっ飛ばしてやりゃいいんだ。
新吉　さっきの……パリアっていうのはなんのこと？
加奈子　（本の頁をめくって）……「私たちは潜在する放射能に／灼かれるパリアだ」
新吉　そのパリアだ。
六郎太　パリアというのは病気の患者のことだよ。ほったらかしにされた患者。
良平　なーるほど、ほったらかしか。
加奈子　葉子さんは治療しようとしない患者と言っていた。
良平　治療しないのか。
六郎太　ヒロシマはそうだな。
良平　（加奈子に）おいなりさんも。

加奈子　一つ？　二つ？
良平　二つ。
新吉　食い過ぎ、食い過ぎだよ、血圧高いんでしょう。
良平　一つや二つ大丈夫だよ。俺はその、パリアだ。（六郎太に）お前のフェリーとおんなじ、やめられん。
新吉　そうだよ、車で来ればいいのに。
六郎太　フェリーはいいよ、あの振動と波の音はたまらんよ。
良平　若いのに、お前も変わっとるよ。部屋借りればいいのに、今治なんかから通うことないのに。
六郎太　安あがりですよ親の家のほうが。フェリーの中で今でもたんきり飴なんか売店にありますよ。
新吉　たんきり飴か。これから自分は養殖ですよ。
良平　宮島の沖か？
新吉　ええ。
良平　どお？　今年のカキは？
新吉　まあまあです。
良平　去年はうんとやったなあ、七輪でじか火で。家の中じゅうむせ返るようじゃったなあ。

加奈子がうどんを運んでくる。

良平　お、凄ぇな、とろろこぶ……
六郎太　いただきまーす。
五郎七　（奥で）おおよ。

加奈子　（良平に）おいなりさん。一つにしとけって。（奥を指す）
良平　わかったよ。
五郎七　とう辛子かけ過ぎるな、頭わるくなるよ。
良平　もうこの年で頭わるくもよくもないよ。
五郎七　そうじゃない、これからだよ。
良平　これからか。
新吉　パリアだもんなオレたち。
六郎太　アメリカと戦争したこと知らん小学生がいるんだって。
良平　ウソだろう？
六郎太　だそうだよ、中国新聞の関根さんがそう言うとった。
良平　広島じゃないだろう、いないよ広島には。ピカだもんな。
新吉　そりゃそうだよ。
六郎太　分からんよ、いるかもしれん。
新吉　そうかなあ。
六郎太　ピカは知っとるかもしれんが、敵がアメリカなんだかどうだか。
良平　へーキで星条旗のティーシャツなんか着とるもんな。
新吉　ファッションだからな。
良平　ヘンなファッションだよ、中国とはどうかね？　これだって怪しいよ。
新吉　だとすると朝鮮半島のことは？

良平　どうだか。キムチの国ぐらいに思っとるんじゃないか？
六郎太　わからんよ、危ないもんですよ。
新吉　ゲームにないから、テレビゲームにはよ。
加奈子　試験に出ないからよ。
良平　そうだよな。
新吉　学校行かん奴がいるからな。
六郎太　学校行かん奴は知っとるかしれんですよ、好きな本読めるから。
良平　（笑う）あるかもしれんそれは。
新吉　本、読まんらしいよ。
加奈子　こんなこと、笑い話にしてはいけないのに。
良平　葉子さんはやっているだろう、ちゃんと。
新吉　葉子さんはちゃんとした先生だ。
加奈子　でもあんまりやるとニラまれるらしい、校長や教頭に。そうらしいの。
新吉　だろうな。
六郎太　日の丸・君が代、強制だもん。だがよその県より少しはマシらしいが。

五郎七が奥から出てくる。

五郎七　オレだったら登校拒否、不登校、学校なんか行かないね。こんなイヤな時代に学校なんか行ってたまるかよ、パパやらママやらに行け行けっていわれて行く気になるかよ。ちゃんとした子供なら不登校になるよ。学校に通ってる奴らは、実のところヘンな子供だと思うよ。正常な子じゃないんだよ。不登校、登校拒否の子が大勢出るというのは、神さまの警告だよ、世の中に対する啓示だよ。ありがたいことだ。

六郎太　過激、過激だ、おやじさん。

五郎七　教育評論家として言わせてもらいたいが、子供がみんな登校拒否するようになると面白いことになる。

良平　流石だ、五郎七のおやじ。

見知らぬ男が五郎七店「なぎさ亭」に入ってくる。ぼそーっとした風体だ。

加奈子　いらっしゃいませ。

男　……。（席につくともなく、椅子に）

良平　（五郎七に）だがそう言っちまえばお終いだ、おやじさん。こちとら良心的広島市民なんだからよぉ、自動車の修理工場だって良心的の評判とらなくちゃならん。

五郎七　四の五の言わんで、しっかり叩いてくれよ、太鼓の打合せに集っとるんだろうあんたたち。

良平　はいはい。

新吉　太鼓はいいとしてなんで太鼓叩くのかと思うよ、観光めいてくるだろう、村起し街起し、商店街の景気づけじゃないんだから。ちんどん屋じゃないよ、意味もないのに太鼓を叩く。だが……っいまた、太鼓やりたくなる。

良平　ちんどん屋だよオレたち、太鼓に意味はいらん。

六郎太　だがつい叩く。叩くと気分がスキっとする。

五郎七　よく言うたもんよ、太鼓狂いの太鼓馬鹿。

加奈子　（男に）あの、何に致しましょう？
男　……（手をヒラヒラさせる）
加奈子　なんですか？
男　（やがて）……いらん。
加奈子　いらん？
男　あたしは腹がへらん。
加奈子　へらん？
男　腹がへらん、このところずうっと。
加奈子　ずうっと？

間――

五郎七　腹がへらんというのはいいですな。
男　別によくもないがへらんのです。
五郎七　それじゃうちの商売はあがったりだが、食う心配がのうては人生、最高ですな。（アハハと笑う）

間――

加奈子　どこか、病気ですか？
良平　そんな病気にかかってみたいよ。
五郎七　（加奈子に）お茶のお替りしな。
男　陸軍桟橋を見てきたが跡形もないですねぇ……鉄道の線路もほんのちょこっとだけ、かたちばかりでした。（間）陸軍桟橋からどんどんどんどん、出征して行きました、ハシケに乗り移って、支那やらマニラやら昭南島やら……あれはシンガポールです。

五郎七　あんたお若く見えるが知っとるですか、お客さん？

男　（五郎七をじっと見る）よく憶えています、なつかしいです。みんな元気で……天皇陛下の御為に、陸軍桟橋から出征して行きました。

（小声で歌う）

海ゆかば水漬く屍
山ゆかば草むす屍
大君の辺にこそ死なめ
かえりみはせじ

……

加奈子　（六郎太に）あの人歴史教科書の人じゃない？

六郎太　うむ。

男　（やがて）……宇品の花街の通りも歩いてきたがさびれてしまってもうやっとらんのですねぇ、賑やかなもんでしたが……。戦地へ行く前に将校さんたちが乱痴気騒ぎをやっとりました。ぼくも一ぺんあがろうと思ったがそうもいかんかったです。広島も立派なビルが立ち並んでいるが、なぜかガランと空しい感じですなキラキラしているが……それに較べると昔は活き活きと活気がありました、ムンムンしていました。青丹よし奈良の都は咲く花の匂うが如しというが、広島も匂うようだった。

五郎七　若いのにあんた、見てきたようなこと言っちゃいかんですよ。

六郎太　もしかして、なんかの芝居のセリフですか？　セリフの稽古ですか？

男　お世話かけました。

男は店を出ていく――

みんなポカンと見送る。

間――

良平　なんかあらァ？

六郎太　テレビのリポーターかなあ広島取材の……？

加奈子　歴史修正主義の、教科書の人よ。

新吉　歴史教科書だから「海ゆかば」を歌ったのかなあ？　それにしちゃ、ボヤーっとしとる。

五郎七　（首をかしげている）ちょっと不思議じゃね。

加奈子　あの歌、なあに？

五郎七　お前は知らんよなあ。

加奈子　軍歌？

六郎太　あの歌は「海ゆかば」といって、戦争中は日本人という日本人みんなが歌ったそうだよ。

五郎七　猫も杓子もみんな歌うた。

加奈子　おじいちゃんも？

五郎七　……歌うた。

六郎太　信時潔という偉い作曲家が作曲したんだって。

加奈子　ノブトキ　キヨシ？　なあに？
五郎七　加奈はなあも知らん、知らんでもいいよ。
加奈子　でも六さんはよう知っとるね。
良平　六郎太は勉強しとるよ。
新吉　ノブトキキヨシは偉い人か六さん？
六郎太　超一流の作曲家だった人よ。天皇陛下の為に死んでも後悔はしないという歌だよ。
加奈子　へえー。
新吉　さっきのあの若い男、なんだろう？
良平　（五郎七に）うどんお替り。
五郎七　やめときんさい。年甲斐もない。
良平　六郎太でのうてもムシャクシャする。
六郎太　天皇制に反対じゃ俺は！　天皇制に反対せにゃならん！　戦争に負けた時天皇は沖縄も樺太も千島もアメリカにさしあげますから、あたしの、朕のいのちを救けてくださいと、いのちごいをしたんだ！
五郎七　へえ、ほんとうか！
六郎太　うちの工場でオレたち、集って憲法の勉強会しとるんだが、そうらしいよ。天皇制に反対だよ反対しなければならんのだ。象徴天皇制なんていうとるが、象徴なんかになるもんですか。

間――

六郎太　どうしてみんな黙っとるの？　俺は天皇制反対を叫ぶんだ。

五郎七　そうか、六郎太？
六郎太　だってそうだろうが。おやじさん、反対じゃないの？
五郎七　うむ……（考えている）
新吉　むろん、俺は反対だよ。
良平　なにも今更青臭いよ、六郎太。
六郎太　天皇制反対が青臭い？　ああ良平さんはおやじなんだ。ただのおっさんか！
五郎七　そうやろか？

間――

五郎七　天皇制反対はいいよ、だが天皇制反対でいま、なにをやるんだ？　言うだけじゃつまらんよ、なにをどうするか言うてみろ。景気づけに叫んでもどうってことないよ。オレも天皇制は好かん、だが今いちばん大事なことか？　言うだけなら銭は要らんのだから言うてもいい。だがオレは言わん。
六郎太　言ったたっていいじゃろう？
五郎七　わるかないが中身のないことは言わんほうがいい。気休めだ。
加奈子　おじいちゃん、歴史教科書じゃないの？
五郎七　加奈、そうじゃない、そういうことを言うとりゃせん。六郎太、気焔あげてもつまらんよ。
　加奈、うどんを作ってくれ、オレも腹がへった。天皇制反対のうどんを作ってくれ。
加奈子　とう辛子、うんと山のように振りかける！（奥の調理場へ行く）
五郎七　大東亜戦争に日本が敗けた時、オレは捕虜となってシベリア送りになった。

六郎太　太平洋戦争。大東亜戦争なんて言うちゃいかんです。
五郎七　日本人はみんな、大東亜戦争と言ってきたんだ、その戦争に敗けた、敗けた戦争の名前だよ大東亜戦争は。どうしてそれを言っちゃいかんのだ。
六郎太　大東亜戦争を反省しとるんですよ。
五郎七　誰が？　誰が反省しとる？　日の丸や君が代に、今、反対できんじゃないか。国民的合意があれば国旗と国歌の制定もいいなんて、バカなことを言う奴がいた。間の抜けたことを言ったんだ、今時、国民的合意なんかあるもんか。一九二〇年代三〇年代……というのは天皇の年号で言えば大正から昭和にかけてだが、左翼の連中が君主制反対、天皇制反対を叫びよった。だがなあ、反対の中身がない。日本人はおっ母さんのおっぱいといっしょに愛国心を飲まされとるから、教育勅語にも軍人勅諭にも誰も反対できんのだよ。大事なことは貧乏人の暮し、百姓の暮しを少しでも楽にすることを、実際行動でかち取ることだ。これも陸軍に先を越された。百姓が貧乏で娘を売りに出して食いつないどる。みんなで満豪へ出て行こう、あっちへ行けば十町歩でもそれ以上でも土地がじぶんのものになる。狭い島国の日本じゃ先ゆきまっ暗だ。そう宣伝し講演して廻った。陸軍の講演は日本各地で一八〇〇回以上、一六〇〇万人もの聴衆を組織しとる。日本人はよその国の土地を奪い取っても平気の平左になってしもうた。陸軍が満州で侵略戦争をおっ始めると、もう誰も反対できなくなっとる。天皇制反対の空念仏じゃ陸軍の実行力に太刀打ちできん。母ちゃんのおっぱいに愛国心が溶けこんどるわけよ。

加奈子が五郎七のうどんを持ってくる。

加奈子　おっぱいおっぱい！　おじいちゃんはまるで女が悪いみたいに言うけど、いやらしいよ！

左翼ぶってるけどほんとのところ右翼じゃないの！
五郎七　あ、辛い！　お前だってボヤボヤしとると、愛国心のおっぱい出す女になってしまうぞ！
加奈子　おじいちゃんは他人事みたいに喋るけど、おじいちゃんも日本人でしょう！
五郎七　オレの祖国はソヴェート・ロシア。ああ、辛い！
加奈子　へぇー、ロシア人？
五郎七　一九、二〇で、ものごころついた時から、ソヴェート・ロシアを祖国と思うようになってしもうた。
加奈子　ロシアが好きなの？　今も？
五郎七　好かん。嫌な国になってしもうた。ボロボロだ。オレもボリシェヴィキになろうと思って若い頃から頑張ってやってきたが、今じゃどうだ、うどん屋になってしもうたよ。ああ、辛いよ、これゃ加奈、辛すぎる！（コップの水を飲む）つまりやねぇ……つまりってことじゃないが、この年になってよ、ボリシェヴィキってなんだったのか、うどん屋をやりながら考えとるわけよ。こりゃ生き死にの問題だ。

しーんとみんな考えこむ。

間――

良平　ヘンなうどん屋だ。

葉子が来る。

葉子　遅くなってすみません。（見廻す）あら、もう始っとるの五郎七の宇品哲学？
五郎七　葉子先生がなかなか現れんもんで、連中、淋しがっとるもんでな。

六郎太　宇品哲学でオレがぽかぽかやられとったとこですよ。なるほど……空念仏か。口先で言うだけじゃなんにもならんということだ。
良平　……ああ。（うなずいている）
新吉　ボリシェヴィキか……。
葉子　なんだか難しい話のようね。
加奈子　（葉子に）いつものようにおじいちゃん、毒素を吐いたの。（五郎七に）ロシア語も喋れないのにロシア人なの？
五郎七　ことばは自由だ、ロシアはロシア語を押しつけんよ。内容が社会主義、形式はつまり言葉は民族的だ、日本語でいいのだ。日本は朝鮮人に日本語を強制したが、わが祖国はそんなことはしないんだ。
加奈子　でも祖国ロシア、好きじゃない。日本も好きじゃない。どこか好きなところ、あるの？
五郎七　加奈、お前だ。葉子先生、あんただ。そして太鼓の仲間だよ。（笑う）ところでどうですな、学校の先生は空念仏を唱えるわけにはいくまい。目の前に生徒をかかえとるんだから、上からの締めつけがきついからといって、逃げるわけにいかんだろう？
葉子　……思い切って言うわ。あたし逃げ出そうと思う。
六郎太　逃げ出す？　どうしたんですか？
葉子　やめるの、いまの学校。
五郎七　え、なんだって？

間――

葉子　やってられないわ。校長や教頭にじわじわ……いいえ露骨に締めつけられて……教員なんかやってられない。……そう、思う。
六郎太　なにか、あったの？
葉子　君が代よ。卒業式にピアノ弾けというの。それだけじゃない……今に始まったことじゃないけど、平和学習にしても。
良平　葉子先生、早まるな。
葉子　早まりたいの。
良平　うむ。
新吉　だけどよ、先生たちがみんな葉子さんのように教員をやめたら、どうなるんだよこの先……？
葉子　文部大臣、新吉さん？　知らないわよそんなこと。
新吉　葉子さんはさっぱりするだろうけど。
葉子　さっぱりなんかするもんですか。むこうよさっぱりするのは。この国の教員がみーんなやめればいいのよ。……そう思う。でも給料のためにやめられない。でも給料のためだったら何をやってもいいの？　職業に貴賤はないっていうけど、貴賤があるの職業には。
五郎七　葉子さん、ゼニのほうは？
葉子　山村さん知ってるでしょう？　山村さんがフリースクールでもなんとかなるって……少しは減るけど。不登校の生徒たちの中に入ってゆきたいの、不登校の連中に向きあって、ほんとうの教育というものを学びたいのよ。そこにはヘンな校長も教育委員会もいないでしょう、面白いと思う。どう、おやじさん？

五郎七　面白いと思うか？
葉子　ええ。大変だろうけど。
五郎七　山村がほんとに来いと言うたのか？
葉子　ええ、なんとかするって。
五郎七　面白いと思うことをやるがええよ。
葉子　賛成してくれる？
五郎七　にんげん面白いと思うことを生きるがいい、面白い生き方を生きるがいい、面白い生き方を探して生きるがいい。
葉子　ほんとうに！　嬉しい！　此処《ここ》は解放区だわ、宇品解放区！　ここへ来るまでほんとは決心がつかずに迷っていたの。（みんなに）決心つきました。ああ、お腹、空いたわ。
五郎七　よし、五郎七うどん作ってやる。
加奈子　とびっきり辛いうどんよ。
新吉　葉子さん、ほんとうに大丈夫だね？　なんとかやれるね？　おれ、たいした応援できないが……。
良平　路頭に迷う決心がつきゃ、なんでもやれるよ、な、六郎太。
六郎太　そうだよ、宇品解放区だ。

〈合唱〉　黒い記念日　深尾須磨子
——原爆記念日に寄せて

合唱隊が登場して歌う。

摂氏五、五〇〇〇万度の熱気が
一、〇〇〇万分の一秒に
広島全市を火刑にした
長崎もやられた
日本民族の記憶に刻まれた
永遠になまなましい現実だ

日本民族の魂のどん底に
不治のケロイドをおした原爆の
敗戦日本の黒い記念日
八月六日午前八時一五分
平和の鐘に悲願を託して
原爆病院で死んだ広島のおじさん
執念深く空気にとりつき
次から次に人の命を消す原爆の余毒
あなたの　わたしの
そして一億日本人の
有形無形のケロイドが

こんなにうずく黒い記念日
あの日さながらに
またしてもうごめこうとする怪物の
毛むくじゃらの指と
きのこ雲の幻影

戦争放棄の平和憲法のあかりが
いまこそピカドンよりも鋭く
強くきらめかねばならぬとき
人類最初の原爆に
焼けただれた日本の母たちは
愛情と勇気を一つに凝縮
その素顔を世界に示し
地球の存亡をかけてしのぎをけずり
火ばなを散らす気ちがいむす子たちを
誠実こめていましめねばならぬ
地球安泰　人類平和の
大きな課題と取組まねばならぬ

〈合唱〉　ヒロシマというとき　栗原貞子
「ヒロシマの夜打つ太鼓」の登場人物たちが歌う

〈ヒロシマ〉というとき
〈ああ　ヒロシマ〉と
やさしくこたえてくれるだろうか
〈ヒロシマ〉といえば〈パール・ハーバー〉
〈ヒロシマ〉といえば〈南京虐殺〉
〈ヒロシマ〉といえば　女や子供を
壕の中にとじこめ
ガソリンをかけて焼いたマニラの火刑
〈ヒロシマ〉といえば
血と炎のこだまが　返って来るのだ

〈ヒロシマ〉といえば
〈ああ　ヒロシマ〉とやさしく
返ってこない
アジアの国々の死者たちや無告の民が
いっせいに犯されたものの怒りを

噴き出すのだ

〈ヒロシマ〉といえば
〈ああ　ヒロシマ〉と
やさしくかえってくるためには
捨てた筈の武器を　ほんとうに
捨てねばならない
異国の基地を撤去せねばならない
その日までヒロシマは
残酷と不信のにがい都市だ
私たちは潜在する放射能に
灼かれるパリアだ

〈ヒロシマ〉といえば
〈ああ　ヒロシマ〉と
やさしくこたえがかえって来るためには
わたしたちは
わたしたちの汚れた手を
きよめねばならない

Ⅱ　陸軍桟橋跡（宇品海岸）

夜。
波の音――
男がひとり、来る。
わずかに残っている陸軍桟橋を見ている。
やがて――男が口ずさむ。

男　（低く、歌う）
都バタビヤ　運河も暮れて
燃える夜空の　十字星
遥か祖国よ　あの日の旗よ
風に歓呼の　声がする
ジャバは常夏　南の基地に
……　……
（最後まで歌うことはない――「バタビヤの夜は更けて」佐伯孝夫作詩／清水保雄作曲）

男　……なぜか、思い出す。ああ、節を知ってて辛いのは……ホームシックのブルースだ……いや辛くはない、なつかしいなあ。妙にノスタルジック。ジャバに行ったことはないが、おれはジャバに憧れていたなあ。マンゴウという、うまい果物、なまえだけで見たことないが……。陸軍桟橋か、南方に行ってみたかったが、それも果たさなかったよ。（石碑に近寄って読む）陸軍桟橋と……ここを、呼ばれて……還らぬ死に……兵ら発ち……にき…暗くて読めないな、記憶をば……継げ。芳美《よしみ》。なんだろうこれ？（もう一度読んでみる）陸軍桟橋とここを呼ばれて還らぬ死に……兵ら発ちにき……記憶をば、継げ。（間）還らぬ死に……兵隊じゃなかったが俺も還らぬ死だが、こうして還ってきた。影を探しに還ってきた。俺には影がないもんでみんながヘンだと笑う。お前は広島で影を置き忘れて天国へやってきたんだろうとあそこで言われるもんで……あそこが天国か地獄が知らんが、とにかくあの世には違いないんだが。ところが俺の影は見つからん、どこ行ったやら。芝居小屋に行くために、そうだよ俺は芝居の役者なんだが……相生橋のところでピカッと。（間）……移動演劇隊には食うものがあって……よかったあ。（また歌を口ずさむ）都バタビヤ、運河も暮れて……

闇の中からも一人、男が現れる。男の影である。

男が闇に透して影を見る。

男　あんた、だれ？

影　歌う声が聞こえたもんで。（小声で歌う）燃える夜空の、十字星……やろ？

男　あんた、だれ？

影　あんたの影だよ。

男　おお、見つかった！
影　おお、見つかった！
男　なるほど。
影　なるほど。

二人はみつめあう。

男　しばらく、じゃった。
影　しばらく、じゃった。

間――

男　お前、老けたなあ。
影　お前、若いなあ。あの時のままだ。
男　どうしてお前、年を取るんだ？
影　どうしてお前、年を取るんだといわれても、あたしは地上に居るんだから。
男　あたしは地上に居るんだから、年を取るのか。
影　あたしは地上に居るんだから、年を取ったがいろいろのことを思ったよ。なつかしいなあおまえ。
男　なつかしいなあおまえ。
影　よく忘れずに来てくれた。
男　よく忘れずに来てくれた。
影　古いあの歌のおかげよ。
男　古いあの歌のおかげかあ。話せば長いことながら。

影　話せば長いことながら、思い出すのは八ヶ岳の麓。
男　八ヶ岳の麓の開拓部落で公演をした。

間――

影　お前、〝部落〟と言うたら、いけんよ。いまは部落はいかん、集落と言え。部落は差蔑語という
　ことになっとる。
男　……？　（分からない）
影　八ヶ岳の村で芝居をやったら、見物席から「騙されんぞお！」と百姓が叫んだ。
男　「騙されんぞお！」と百姓が叫んだ。眼の前がまっ暗になったよ。あれは硫黄島から強制引揚げ
　で、八ヶ岳の麓で開墾させられていた人たちだった。それからまだ忘れられんことがある。
影　忘れられんことがある。
男　戦争が始まったら、職業安定所の庭で。
影　職業安定所の庭で。新劇俳優は心を入れ替えようと……お国のために……
男　あのヴェテラン俳優が……
影　柵の上にのぼって……
男　演説ぶったよ。
影　あの俳優も、もう居ないよ。名優と言われとったが。
男　あの俳優も、もう居ないか。

間――

男　俺たちは犬死だった。

間——

影　俺たちは犬死にか……お前、それは犬に悪いよ。犬の身になってみろ。いまでは犬はちゃんとした家族よ、差別してはいかん。

男　お前、賢くなったもんだ。

影　たいして賢くもないが、世の行末《ゆくすえ》をつくづくと……

男　（笑う）

影　（笑う）忍ぶ鎧の袖の上に……

男　散るは涙か　はた露か……

二人は闇の中に消えてゆく——

Ⅲ　漂蕩庵

広島市街を見おろす山村の部屋。
夜。
広島の灯が窓の外にひろがっている。
五郎七と葉子が訪ねてきている。
山村が珈琲を入れている。

山村　独り住まいでなにもできないんですが、よくいらっしゃいました。
五郎七　いや、お構いなく。先生のことは若者たちから伺っていたのですが……
山村　先生は止めてください。大先輩の高村さんに先生なんて言われると、とちめんぼう食らいます。
五郎七　だが先生に間違いない、フリースクールの先生だから。
山村　そりゃそうですな、アハハ！
五郎七　葉子が山村さんのところで働くことになったというので、こりゃどうしてもと思いましてな、よろしくお願いしますよ。わが党の雄でしてなこの葉子は。
山村　わが党の？
葉子　宇品解放区よ先生。
山村　ほう。解放区ですか。
五郎七　太鼓叩きのグループがよく集まるのです。

葉子　そこでおやじの宇品哲学が始まるの。
五郎七　山村さんのこの部屋、漂蕩庵というのは面白いですな。
山村　アハハハ！　面白いですか！
五郎七　面白いですよ、だが漂蕩庵というのにはなにか深いわけがあるんでしょうな。
山村　深いわけなんかありませんが、世渡りがヘタクソでふらふらしとるんです。
五郎七　ふらふらですか、いいですな。
山村　「生理漂蕩トシテ拙ク、有心遅々トシテ暮レヤル……」杜甫です。
五郎七　なるほど、ふらふらですか。
山村　教師をやっていますとすぐ解説してしまうんですが、フランス語に〝フラヌール〟というのがありまして、浮遊人というのでしょうか、浮遊しとるんです。一切の体制から自由なんです。フラヌール……ふらふらしとるんですよ。
五郎七　ふらふらですか、なるほどねぇ……この葉子さんも生理漂蕩ですな。今どきちゃんと生きようとしとる奴は、ふらふらですな。
山村　高村さん、あなた、祖国はソ連らしいですな、葉子さんからそう聞いていますよ。
五郎七　（大笑い）そう、そうです！　まあ言ってみればオレの祖国はソヴェート・ロシアですよ。
山村　こんなこと言う老人、初めてですよ、とんでもない。
五郎七　とんでもないですか。（大笑い）
山村　とんでもなく面白い。アハハハ！
五郎七　このニホン国も大嫌いですが、わが祖国ソヴェート・ロシアも好きになりませんな。ソ連邦がつぶれて今はただのロシアになりましたが、ヘンな国だよ。だがじぶんの国をじぶんで解体したんだ、その点は偉いもんですな。

山村　ソ連もニホンも嫌い、高村五郎七もふらふらだ。

五郎七　この先何年生きられるか知らんが、ボリシェヴィキとは何だったのか、それを考えつづけたいですな。あなたのフリースクール、山村塾に入れてもらおうか。

山村　いやいや、宇品解放区の五郎七宇品哲学に加えてもらいたいですよ。

五郎七　宇品哲学か、アハハ！

葉子　うちのおやじはニュー・ボリシェヴィキよ。

五郎七　（大笑い）オールド！　オールド・ボリシェヴィキ！　珈琲というもんはなかなか入らんもんですな。

山村　今、入れますよ、日本のお茶とおなじですよ。（デミタス・カップに注ぎ分ける）

葉子　紅茶もたいへんなのですって？

五郎七　紅茶、紅茶というのは中年の女に多くて、いやなもんだ。

葉子　偏見よおやじ。うちのおやじ、偏見のかたまりなんだから。

五郎七　（大笑い）偏見のかたまりだ！

葉子　おいしいわ。

五郎七　この葉子が高校の教員なんかつまらない、校長や教頭の締めつけの下で教員なんかやってられない、山村さんのフリー・スクール、山村塾で不登校の生徒たちの中で学びとりたい、それが面白そうだというので、あたしも賛成したのです。なにぶんよろしくお願いします。あたしは思うんですが仕事ちゅうもんは面白くなくちゃあね。その仕事に面白さを発見できなくちゃあね、そう思うんですよ。

山村　おっしゃるとおりです。面白がってばかりもいられない難しい仕事ですが、やり甲斐はありますよ。さっきから五郎七さんのお話伺っていますと、面白いが沢山出て来ますが、生きていくうえで面白いということは、かけがえのないことですね。

五郎七　葉子も太鼓をやっとるんですが、太鼓なんてもんはお祭り気分ですよ。普段の暮しから抜け出したお祭り気分がなくちゃ、太鼓はやれん。というか……太鼓を叩いているうちに、お祭り気分が出てくる。（葉子に）そうだろうが。

葉子　登校拒否の連中に太鼓のお祭り気分、祝祭性が伝えられたらと思います。暴走族に走るのも、あれ、祝祭性でしょう？

山村　葉子さんの音楽教育もそうですか？

葉子　と、思っています。いろんな輝きがあるでしょう、その輝きはそこから出てくるのだと思います、祝祭性から。

五郎七　いいねぇ、たまらんねぇ……。（しきりにうなづいている）

山村　話が合いますねぇ。こんな詩があります。

祝祭が了った跡には
何物も残ってはならぬ
ただ　かの灰と
踏みにじられた花飾りと

五郎七　ほう……。いいね、たまらんね。
山村　若い頃に読んだヴァレリィーですが、忘れられんですなあ。
葉子　祝祭が了った跡には……何物も残ってはならぬ……（山村に）それから？
山村　ただ、かの灰と。
葉子　ただ、かの灰と……踏みにじられた花飾りと。ステキですわ！
五郎七　このような嫌な時代には、その祝祭性以外にはないねぇ、ふらふらと何物にも縛られずに生きるよりないねぇ。

玄関にチャイムの音──

葉子　あたし出ます。（行く）
五郎七　酔っぱらっている、珈琲だけで。
山村　ありますよ、飲みましょう。（立つ）酒？　ウィスキーにしますか？
五郎七　ウィスキーだな今夜は。そんな気分ですな。

六郎太と新吉、そして加奈子が入ってくる。

葉子　みんなが押しかけてきました。
加奈子　おじいちゃんが山村さんところで毒気を吐いてはいないか、心配なんです。
新吉　（山村に）はじめまして。
六郎太　加奈ちゃんが行こう行こうというもんで。
葉子　宇品解放区の面々です。
五郎七　山村さんの祝祭性にあおられどうしだよ。毒気はオレじゃないよ。

山村　いやあ、いらっしゃい、よくいらっしゃった。話は葉子先生から聞いていますよ。いやあ五郎七の毒気で盛り上っとるところです、さあ、飲みましょう。

加奈子　こんなことだろうとあたし、なにか見つくろってきました。（包みをひろげる）お皿をください。

酒盛りになる。

六郎太　おやじときたら何処行ってもこれだ、忽ち意気投合するんだ。

五郎七　何処行ってもとはなんだ、こっちが山村さんの毒気にあおられとるんだ。

加奈子　六さん小鰯よ、鯛でなくて悪いけど。

六郎太　小鰯はいいよ。

新吉　六郎太はいつでも出たとこ勝負なんだから。

六郎太　偶然、偶然。世界に必然的なものはない。

加奈子　葉子さんのことお願いに来てるのよ、あまり我がもの顔に喋らないで下さい。

山村　大丈夫ですよ、葉子さんとはもう気脈が通じとるんです。

新吉　ならもう大丈夫だ。

葉子　大丈夫なものですか、これからよあたし。

山村　みなさん太鼓の？

五郎七　太鼓狂いの太鼓馬鹿。練習やってきたのか？

新吉　ええ、まあ。その途中で山村さんとこへ押しかけようと、加奈ちゃんが。

六郎太　良平さんは仕事が残っとるとかで。

新吉　己斐の山はいいですな、広島が目の下に広がっとる。
山村　宇品解放区だけじゃなく、うちの山村塾も解放区になりたいですな。葉子先生の音楽でぐーんとね。
葉子　さっきの詩。祝祭が了った跡には。あたし曲をつけてみますわ。うまくいくかどうかしらないけど。山村塾の生徒たち、活き活きしてるのよ、登校拒否とは思えないの、いいえ、流石《さすが》登校拒否といいたいの。
山村　お母さんたちがとても協力的なんだ。
五郎七　そこが問題じゃね。父母はやっぱり不登校を止めて、もとの高校や中学に戻らせたいんでしょう?
山村　ま、そうですが。
五郎七　あたしゃこの国の子供がみんな不登校になりゃいいと思っとるんですが。親御さんとすれば、戻らせたいんでしょうな。
山村　（笑う）でなければ山村塾は成り立ちませんからな。
加奈子　おじいちゃん、勝手な毒気はダメよ。
五郎七　（山村に）勝手でも毒気でもなく、この間、といっても三日前のことだが、不思議なお人がうちの店に現れましてな、不思議な人といってもまだ若い人だが、「海ゆかば」を歌うんですよ、それも低い声で。
山村　ほう。
五郎七　加奈は例の歴史教科書の人だというんだが……。

山村　（加奈子に）歴史修正主義？
加奈子　ええ、そうに違いないわ、若いのに昔の歌なんか歌うんだもの。六さんは芝居のセリフの練習じゃないかと言うんだけど。
五郎七　陸軍桟橋のことなんかもなつかしそうに喋るんですよ。
六郎太　葉子さんが教えてくれた、あの詩、加奈さんが朗読した「ヒロシマといえば」がグサっとつき刺さったよ。「海ゆかば」なんか聞かされると。
山村　いるんだね広島にも、そんな人が。
加奈子　のそぅっとしてるの、その男。
新吉　それですうっと出て行ったよな。
山村　ぼくらはうっかりしているが、あの連中は、新しい歴史教科書は、いろんなところで集会をやっているんだ。研究会とか講演会とか読書会とか。陰然たるもんだ。この国を日の丸・君が代に染めあげてしまおうと、周到に計画しているようですな。
加奈子　あたしたちの宇品解放区をネラっているのよ、きっと。
六郎太　そうかなあ、それはないと思うよ。だが戦前の右翼や陸軍がやったように、俺たちをぐう音も出なくしようとやっているんだ。おやじに言われたが空念仏じゃダメなんだ。
五郎七　だが六郎太、君は労働組合にも入っていないじゃないか。どうだ？　こんな時こそ労組が対抗しなくちゃならんのに。
六郎太　誰が入るもんですか組合なんか。バカなもんです、リストラされてもストライキ一つ打とうとしない。ベースアップも返上して戦々恐々としとる組織ですよ。労働組合になにかの期待を持つのは、時代を知らんからです。オールド・ボリシェヴィキです。労組よいとこ主義です。労働者の権利も生活も守ろうとしない、会社と結託しとるだけ。
五郎七　だから天皇制反対などと空念仏を叫ぶのか。
六郎太　そうじゃない、空洞化した組合なんか相手じゃない。
新吉　それで太鼓叩くのか？
六郎太　そうです、太鼓叩くんだ。新ちゃんのようにカキの養殖やってるんじゃ、この気持ちわからんですよ。
新吉　それじゃ六さんはただの暴走族だ。
六郎太　暴走族でなぜいかんのです、一五〇キロ、二〇〇キロでぶっ飛ばすだけです。こんな時代、説得力のあることばなんか喋っちゃおれんのです。
葉子　六さんたちの憲法研究会、どうなってるの？
六郎太　ガンガンやっています。みんな暴走族のように。
五郎七　（山村に）これですからな、ボリシェヴィキの悩み多しです。
六郎太　オレのことハネ上りというんでしょう、どうしてハネ上がっちゃいかんのです。
五郎七　だけどお前、労働大衆はどうなるんだ、六郎太のいうようだと？
六郎太　労働大衆？　まるでゴーリキィだ、どこに労働大衆がいますか！　みんな幸福主義、しあわせを求めるだけ。しあわせなら手を叩こう、しあわせなら日の丸だろうと君が代だろうと、どうってことない。賃下げされてもなんとかしてローンを払って、ピカピカのリビングルームでテレビなんか見ていたい、それだけ。蹴っとばしてやりたいですよ。うちのおやじはメタンガス、臭いだけだ。
五郎七　なんだこの野郎！
六郎太　殴りたいなら殴るといい。暴力教師ですよ。暴力教師は日の丸・君が代だ。
加奈子　六ちゃん、メートルあがり過ぎよ。
葉子　でもわかるな、六さんの言うこと。
六郎太　オレはただ……太鼓叩きたいだけ。
五郎七　（山村に）これがわれらの仲間、解放区です。ほとんど下剋上だ、ハハハ！
山村　実は今夜これからぼくの所にやってくることになっている人があるんです。
五郎七　そうですか、それじゃわれら退散しましょう。
山村　いやそんなことじゃなく、みなさんに引き合わせたいのですよ。この人もまあ、言ってみればその……解放区と言ってよいのですがね、保育園をやっている女の方です。無認可の保育園で零才児から小学校に上がる前のこどもたち、それに学童保育もあるんですが、なにか、ぼくに相談があるというんです。
五郎七　われらが居てもよいのですか？
山村　居てもらったほうがね面白いことになりそうですよ。この保育園は常識外れでなかなかユニークなんだ。ぼくは理想主義だと見てるんだが、当の保母さんたちはそんなことは口にしません。こどもが相手だから大人の理屈は通りません。まったく現実そのもの、だがまったく新しい現実が創り出されているといった按配でしてなあ。
五郎七　どこにあるんですか、その保育園は？

六郎太　（眠っているが）どうでもいいよ、子育てだの……

新吉　黙って寝てろ、この酔っぱらい。

山村　由起です、ずっと北へのぼった。

五郎七　由起ですか、ほう……。

山村　森の中にあります。二度ばかりぼくはそこを訪ねたことがありますが、風野保育というんですが、門柱も標札もありませんし、囲いの垣根もなくて森の中にいくつかの木造の建物が散らばっているんです。馬小屋もあれば山羊も飼っている、無認可ですからそれが出来る。馬もロバも一〇頭ほど、山羊もそのくらい、こどもと保母さんたちが飼料や水を運んでいる。鵞鳥が一羽放し飼いで、じぶんの縄張りみたいに園のまわりを歩き廻っていましたよ。ぼくが訪ねた日、ちょうど満一才の誕生を迎えた赤ん坊が、野原に渡した一本の丸太を、それは五メートルほどですが、這い這いしてその上を渡ったのです。保母さんたちが歓声をあげました。木にのぼっている子が枝を揺すっている。小川でザリガニを取ろうとしている子がいる。大きな犬に抱きついている子がいる……。

加奈子　危なくないんですか？

山村　ちゃんと必ず保母さんが見守っているんですよ。園長の保母さんのピアノの音が鳴りはじめると、森のいろんな場所から、藪の中から小川からこどもたちが広い保育室に集ってくる。

加奈子　野性的そのものね。凄く立派な自然環境だわ。

五郎七　採算を度外視しとるよ。こどもはどのくらいですか？

山村　詳しくはその人が来ますから、でも零才児が一〇人、その上の六才まで六、七〇人くらいでしょうか。

新吉　解放区かあ……。
山村　こどもプールもあるんです、お父さんたちがボランティアで造ったんだそうだ。
五郎七　地域ぐるみか。
山村　いや、そうじゃなくて、こどもたちの家族ぐるみでしょうな。
葉子　ピアノが鳴り始めると、どうなるの？
山村　ピアノだけ、保母さんたちは一言も声に出さない。
葉子　ああ、わかります。年齢別に幾組かに分けてあるんでしょう？　ピアノの演奏に合わせて、走ったり、スキップしたり……、リトミックね。
山村　でんぐり返しや、踊りや……それが一時間近く続く。でもまったくしつけられたところがない、バラバラ。さっそうと走る子もいる、走るのがおそい子、ダラダラした子、おかまいなしに続く。
葉子　そう、そうですの！
山村　次第に保育室のみんなが高揚して、こどもたちみんながですよ、亢奮状態になって……ま、大人のことばで言えば、狂気といいますか、異様な高まりに登りつめる。こどもが大声で歌っている、保母さんたちも紅潮して歌っている、もの凄い高まりを創り出す。見ているぼくもじっとしてられなくなって、とび出していきたいという感じなんだ。凄い集中です。
五郎七　……ほう！
山村　こうして喋っていても、いま、ぼくが亢奮してしまう。こんな保育を毎日、くりかえすんだそうです。でもまあ、いくらこうして話しても話しきれんです、一度、見るといいですなあ。
葉子　こどもたちが日常のなかで、異常の、非日常を経験するのね、こどもがじぶんをそこに投げ出す、というのでしょうか。

五郎七　山村さん、祝祭ですな！　その保育園はこどもたちに祝祭をつくり出しているというわけだ！

葉子　しつけじゃないのよねぇ！

加奈子　山村先生、その保育園は風野というのね、どんな字ですの？　風に野原の野ですか？

山村　そうです。

加奈子　「風の又三郎」よ宮澤賢治の！　あれ高田三郎ですよね！　宮沢賢治の「風の又三郎」のこどもたちを、その保育園は毎日、昨日も今日も、そして明日もつくり出そうとしているんだ！

葉子　さっき山村さんに教えていただいたのよ。「祝祭が了った跡には何物も残ってはならぬ／ただかの灰と／踏みにじられた花飾りと」

加奈子　何物も残らないのよ、でもこどもたちはそこで変っていくのよ、変化していくの。毎日変化していくの。

六郎太　（眠っていたが、起き上がる）革命化する！

新吉　お前は寝てろ！　（寝かせる）

五郎七　嫌な世の中だが、居るもんだちゃんとしたお人が。日本人は絶望する能力もないとオレは思ってバカにしとった。絶望しないからいつまでも現状のままでどうしようもないと思うとったが、絶望なんかしないで、ちゃんとやることをやっとる人がいるんですな。いや、良いことを聞かせてもらいましたよ。

玄関にチャイムの音——

葉子　いらしったようよ。
新吉　（山村に）起こしましょうか。
山村　いや、そのままでいいですよ。
加奈子　あたし、出ます。（行く）
五郎七　いいんですかほんとに？
山村　へいきへいき。（葉子に）すみませんが氷、出して下さい。
五郎七　飲む人ですか？
山村　飲みます。飲むなんてもんじゃない、浴びるほどです、アハハ！
　寿美がくる。「風野保育園」の園長である。
山村　やあ、いらっしゃい。こちら宇品の……
五郎七　うどん屋をやっております。五郎七です。酔っぱらいの若者は太鼓叩きのグループの者でして。
寿美　保母をやっております。
五郎七　いや、あなたの保育園のこと、いま、山村さんから伺っていたとこです。
山村　ま、どうぞ。（グラスをすすめる）ちょうど酒盛りの最中でして。（見廻して）紹介はヌキにしてと……「風野保育園」のこと、どんどん質問するといい。
寿美　お話するようなことありませんよ。それよりも太鼓のことお伺いしたいわ。
山村　太鼓、どうしたんです。
寿美　保母たちが太鼓やりたいというの。

新吉　何人いらっしゃるんですか保母さんたち？
寿美　二〇人ほどですが、二〇人みんなじゃなくて六、七人。
五郎七　二〇人ですか、大勢ですな。
寿美　ほどというのは保母じゃないけどボランティアで手伝ってくださっているお母さんや、見習いの人もいますの。
新吉　別に教えるようなことはありません。叩けばいいんです。
寿美　あら。叩けばいいの？
六郎太　（眠っていたが起きあがって）叩くんですよ、心をこめて、革命的に。
加奈子　とつぜん、なあに六さん。（寿美に）弱いんです、酔っぱらいです。
六郎太　もう大丈夫。
加奈子　お客様よ、おとなしくなさい。
六郎太　（寿美に）いらっしゃい。
加奈子　いらっしゃいもないわ。
山村　（笑って）太鼓のことならこの宇品解放区のグループにまかせるといい。
寿美　あら、解放区？
五郎七　太鼓狂いの太鼓バカですよ、この連中は。
山村　葉子さんはうちの塾にやって来たばかりの音楽の先生ですが、太鼓もやっているんです。
寿美　あら。山村さんのところ、いろんな面白い方がお集りになるのね。わたしの我流のピアノ、見ていただきたいわ。

葉子　山村先生のお話で「風野保育」のことに感動しています。こんど保育の実際の現場、見学させてください。

寿美　見学だなんて！　いっしょけんめいにやってるだけだから。さ、どうぞ。（酒を注ぐ）あら、わが物顔ね。ホホホ。わたしはこどもの中にある素晴らしい感受性とどんどん伸びていく能力に、毎日驚いておりますの。こどもを信じてその能力をひき出すこと、それがわたしどもの保育の全てなんです。

山村　ま、どうぞ。（グラスに注ぐ）

葉子が氷を入れる。

山村　それはそうと今夜の用件は？

寿美　あらあら、太鼓が先になったけど、実はうちの保母たちで憲法の読書会を始めていますの。特に第九条の戦争放棄の問題ですわ。保母たちがこれをちゃんと自分のものにしておかないといけないでしょう？　これまで内輪で読書会やってきましたが、今度、山村さんに出ていただきたいと思っているんですが、どうでしょうか？

六郎太　（起き上がって）オ、オレも行く。

Ⅳ　平和公園の夜

原爆ドームが遠くに見える。

加奈子と葉子が来る。

加奈子　山村先生ってステキね。うちのおじいちゃんもたじたじよ。六さん、面白かったわ。メタンガスだっておじいちゃんのこと。（笑う）……それに保育園の先生も酒強いのね。保母さんたちの憲法の読書会、あたしも参加したいわ。

葉子　あの保育園も解放区だわ。宇品の波止場も解放区。山村さんのフリー・スクールが解放区になればとあたしは思うけど。

加奈子　山村さんに葉子さんが加わったから、大丈夫よ。塾には何人いるの？

葉子　今のところ十二人よ、女の子が五人。

加奈子　もっと増えればいいのに。

葉子　問題よ、登校拒否が増えるのは。

加奈子　おじいちゃんは言ったわ、日本中みんな登校拒否すればいいって。メチャクチャに毒素を吐きつづけるわ。

葉子　風野保育は解放区でこどもたちが活き活きと解放される。でもこれから小学校に入学すると、これまでのようではない、でしょう。忽ち登校拒否になってしまうんじゃないかしら。零才から六つまでのこどもに素晴らしい保育をやったとしても、小学校にあがると普通の義務教育にこどもたちはさらされる。保育というものは、はかないものね。
加奈子　六さんや新ちゃんが太鼓叩きたくなる気持ち、わかるわ。葉子さんだってそうでしょう?
葉子　閉塞された今の状況では、太鼓にぶっつけるより、ないのよ。自動車修理工の良平さん、どんな気持ちで太鼓やってるのかしら?
加奈子　太鼓叩くのに意味はいらんと言ったわ。
葉子　……意味はいらんか。
間――
葉子　静かね。
加奈子　おじいちゃんたち、まだどこかで気焔をあげてるのかしら。（笑う）
葉子　山村さんが状況につき過ぎたことを言わないようにしようっていうの。
加奈子　状況につき過ぎたこと?
葉子　ブッシュがどう言ったの、小泉がどうのと……。
加奈子　ダメに決まってるか。
葉子　あたしたちの太鼓、この太鼓叩きたい気持ちを大事にすることかしら。学校に行かない……不登校の生徒たちの気持ちを知ること……つきとめること。そうね……状況につき過ぎたことを喋っても仕方ないんだわ。
加奈子　あたし、風野保育に行こうかしら、見習いとしてボランティアで。五郎七うどん運んだりしていたって、つまらないもの。
葉子　さあ……どうかな。おやじ……加奈ちゃんのおじいちゃんの傍に居てあげるのも必要な、たいへんな仕事よ。宇品解放区でしょう、誰が支えるのよ。

二人、歩き去る。

物陰から男が出て来る。

つづいて影も出て来る。

男が凝っと影を瞶《みつ》める。

影は所在なく佇《た》っている。

男　おい。

影　なんだ?

男　お前、ほんとうにオレの影か?

影　そういうことになっとる。

男　ほんとうにオレの影なら、俺のやる通りに動いてみろ。

男が右手を上げる。

影が右手を上げる。

男が左手を上げる。

影がそうする。

間。

男が跳び上る。

影が跳び上る。

男　少し遅いな。時間がズレるぞ。

男がでんぐりがえしをする。

影がでんぐりがえしをする。

男が影を睨める。

影　ついていくの、骨が折れるよ。

男　だって影だろ、お前はオレの。

影　だけどくたびれる。

男　オレもくたびれる。

二人、並んで座りこむ。

間――

男　オレはお国のために、悪いことしてはいない。召集令状がなかなか来なかった。だから芝居の仕事がつづけられた。そうだよな？

影　（うなずく）

男　先輩の役者に靖《せい》さんがいた。その靖さんが演出家の千駄ヶ谷に連れられて、ある夜、築地の料亭に行った。山川佳成も八田文夫も同行した。「新劇の役者はベレー帽だけじゃなく、ソフトも似合わなくちゃいかんぞ。高級料亭で酒を飲むことも出来んといかん」……演出家はそう言って笑ったそうだ。

影　それで築地の料亭に行ったのか？

男　うん、行った。演出家は移動演劇を始めるにあたって、文部大臣に招ばれて料亭に行ったんだ。靖さんたち三人は座敷に残された。（間）すると突然、靖さんが叫んだ。なんでオレたち、こんな座敷で酒を飲まねばならんのだ！　靖さんは障子をあけて、下の川に飛びこんだ。（間）ところが川が浅くて靖さんは足を挫いた、オーイ、タスケテクレ！
影　ハハハ……（笑う）
男　山川佳成と八田文夫が援《たす》けて、川から靖さんを抱えあげた。
影　お前、誰からその話を聞いたんだ？
男　八田文夫だ。

男がその辺を歩き廻る——
影もそうする——

男　靖さんが映画に出演した。陸軍二等兵の役だった。コレヒドール……フィリッピンのマニラにあるイギリス軍の要塞だ。『あの旗を撃て！』という映画だ。翻えっているユニオン・ジャック、イギリスの旗だ。その旗を指して「あの旗を撃て！」と叫んでいる靖さんの姿が、東京有楽町の日劇のビルいっぱいに飾られた。八階建てのビルいっぱいに写真が引き伸ばされた。（間）靖さん、泣いていたよ。
影　泣いたのか？
男　痩せても枯れても新劇だよ。
影　で……どうした？
男　オレは移動演劇隊に組みこまれて出発した。だがな……オレは泣かんよ。痩せても枯れても新劇だよ、お国のために、新しい演劇文化のために、国民精神総動員のために働いたんだ。
影　だけどお前、八ヶ岳の麓で開拓の連中から騙されんぞと怒鳴られたんだろ？

男　移動演劇やっとりゃ食い物にありつけるからなあ、背に腹は変えられんかった。変えられんかったが広島でピカッという閃光でお陀仏だ。

影　お前は消えてしまったが影のオレは残った。迷惑な話だよ。

男　オレはだからお前をこうして連れ戻しに来たじゃないか。（歌う）海ゆかば水漬く屍……山ゆかば草むす屍……

影　おい、待て、どこへ行くんだ。（後を追う）

加奈子と葉子が来る。

加奈子　（立ち停まる）なにか聞こえなかった……？　「海ゆかば」を歌う声。

葉子　さあ……。

二人、耳を澄ます。

なにも聞こえない。

加奈子　気のせいかしら？

葉子　遅いからもう帰りましょう。

加奈子　このあいだ、うちの店にやってきたお客でヘンな感じの男の人が、歌ったのよ。「海ゆかば」という昔の歌。「海ゆかば」と六さんが教えてくれたけど、おじいちゃんは知っていたわ、戦争中、猫も杓子もみんな歌ったんだって。葉子さん、知っているでしょう？

葉子　……。

加奈子　ノブトキキヨシという偉い作曲家の曲だそうよ。

葉子　信時潔なら知っているわ。

加奈子　あたし……新しい歴史教科書の人だと思うのよ、歴史修正主義の。
葉子　五郎七うどんで歌ったの？
加奈子　低い声で……気持ち悪いの。あの連中に言わせるとアウシュヴィッツも、南京大虐殺もマニラの火刑も、無かったことになるというんでしょう？
葉子　山村さんの話では、修正主義は方々で講演会をやっているらしいけど……。そのお客、なにか話したの？
加奈子　独り言みたいに陸軍桟橋のことを。三〇そこその若さで、昔の戦時中のことを知っている筈がないのに、ぼそぼそと言ったのよ。この陸軍桟橋から支那へ、支那というのよ、南方へ、兵隊がみんな出て行ったとなつかしそうに。嫌な感じ。
葉子　日の丸、君が代、歴史修正主義……。状況につき過ぎたことを言うのは止めようなんて、言ってられないみたいだわ。

夜空に黒く原爆ドームが見える。
「海ゆかば」を歌う声が聞こえてくる。

V　波止場（宇品）

夜——
宇品に集まる太鼓のグループ、良平、新吉、六郎太、そして葉子、加奈子たちが太鼓を打つ。心に沁み入るような嫋々《じょうじょう》とした太鼓の演奏である。太鼓のリズムを縫うように潮騒の音も——
五郎七と山村が少し離れた所から太鼓を聴いている。

やがて——太鼓が終る。
山村が拍手する。

山村　（五郎七に）いいですな。なかなかだ。
五郎七　うむ……。
山村　不思議な太鼓です、感動が沁み出してきますよ。
五郎七　不思議な太鼓だ。
良平　（汗を拭いながら葉子に）下打ちはも少し強いほうがいいんじゃないかい？
葉子　ああ、そうか。（考える）
良平　いつもの下打ちよりこれは。
葉子　そうね。（うなずいて）そうだわ。
五郎七　不思議な太鼓だと言ってるよ山村さんが。

葉子　不思議ですか？
山村　感動しましたよ、不思議な感動だ。
新吉　オレの入り、おくれたな。
良平　あのおくれ、よかったよ。新ちゃんのおくれ、オレ、ぐっときた。
新吉　そう？
六郎太　もっと強烈な、勇壮なのもやりたいなあ。
良平　そんなのもやるよいずれ。だが今の、この太鼓に打ちこめよ。六郎太、気合が入っとらんぞ。
六郎太　若いオレにはなんだか物足らん。
良平　物足らん？　物足らんか。

加奈子が魔法瓶からお茶を注ぎ分けている。
六郎太がカップをみんなに配る。

六郎太　もっと若さをぶっつけたいよ。
良平　青くさいこと言うな。安っぽい若さなんてオレは信用せん。
六郎太　青くさくなんかないよ。
良平　安手、いさぎいいだけ、中身は空っぽだ。
六郎太　（むっとして）なにが空っぽですか！
五郎七　まあ、止めとけ。一晩寝て考えろ。
六郎太　オレはじぶんの思いを思いっきり太鼓にぶっつけたいんだ、太鼓の技術なんてどうでもいいんだ。

良平　誰も技術なんて言うとらん。
六郎太　全身、躰でぶち当る太鼓がやりたいよ！
良平　どこでだっていつだって通りそうなことを、大声で喚くな。太鼓はな、たたくのが能じゃない、じぶんたちの出しとる音を響きを聴くんだ。太鼓はたたくんじゃない聴くもんだ。
六郎太　そんなの、年寄りくさいよ。
五郎七　年寄りくさいのがいいこともあれば、青くさいのがいいこともあるが、こんなこと言うとどっちつかずだが……年寄りくそうても青くそうてもいかん、生き方に年寄りも若者もありゃせん、無かろうが。
葉子　強かろうが弱かろうが、六さん、問題でないんじゃない？　太鼓をやってじぶんが昂揚できるかどうかよ。
六郎太　オレだってそうだよ、こんな生ぬるい太鼓、昂揚せんよ。
新吉　そうかな六さん。
六郎太　クライマックスがないもん。
葉子　クライマックスってあるものじゃないと思う、じぶんの心の中で持ちあがってくるものでしょう？
六郎太　煽ってくれよ、もっと、もっとさ！
新吉　おれはじぶんを煽っとるが、なかなか……盛りあがらんよ。
加奈子　そうか、じぶんが煽るんだ、じぶんを。
五郎七　（六郎太に）ま、一晩寝て、よう考えんさい。今夜はうちに泊まれ、今治へいくフェリーはもうない。
太郎太　オレだって考えてないわけじゃないよ。
良平　ぶつくさ言うな。
六郎太　ぶつくさ、ぶつくさ！

みんなが笑っている。

間——

山村　いやあ感動しますよ、太鼓にも、そして宇品太鼓の討論にも。流石《さすが》ですな。波の音に入り混じって海風の中で聴く太鼓は、なんともいえん。波止場でこんな太鼓が聴けるなんぞ、願ってもないこと、格別だ。
良平　太鼓にゃよくない、湿気が多いもんで音が湿っぽい。（良平はいつもこんな風にぶっきらぼうである）
山村　そうですか、素人にはわからんですが。それにしても太鼓たたくのに今のように議論がたたかわされ、技術について生きかたについて考え合わされていることに、感動させられますよ。ぼくはパリで日本の太鼓の演奏を聴く機会があったんだが、つまらんかったなあ。
五郎七　ほう。どんな風に？
山村　勇ましくてなかなか熱気はあるが、フォークロアなのか、ニホン国のナショナリズムなのか……いや全くのナショナリズムという感じで閉口しました。
五郎七　フォークロアは民間伝承ちゅうことですな？
山村　古くから伝わっている民俗の芸能なのか、日本国の意気込みというか、ナショナリズムか。国家主義になっとるんだ。太鼓はよく訓練されとって、なかなか上手なんですよ、曲芸のように技術的には感心させるが、なぜだかいやらしい。

五郎七　ハハハ、魂が抜けとるわけだ。

良平　あたしは職工で車の修理をやっとるが……職人ちゅうものは技術なんて口にせんですな。技術と言うのは上の、偉い人か老人の言うことで、職人の本人は技術なんて口にしませんな。黙って仕事に取り組む。大体ですな、戦争中に零戦を飛ばして平和がくれば新幹線を走らせる技術なんちゅうもんを、あたしは信用せんです。太鼓は心意気だ、なあ六郎太、そうやろ？

六郎太　オレだってそう考えとると、さっきから言うとる。

みんな笑う。明るい笑いだ。

五郎七　国家主義……ナショナリズムか。ロシアでも古いロシア民謡が廃れて影をひそめとります。オレは捕虜でシベリア抑留だが、ずうっと西のタガンローグに送られて、そこで二年ばかり使役させられたんだが、ついこの間、というても五年ばかり前のことだが……

加奈子　五年前もついこの間なの、おじいちゃんにかかれば。

五郎七　つべこべ言うな。

加奈子　つべこべ、つべこべ。

五郎七　捕虜仲間でタガンローグ・ツアーをやりましてな、なつかしかった。レストランに楽隊がいるんだが、そのバンドが古いロシア民謡をよう知らんのだ。

山村　タガンローグですか、そこはチェーホフの生まれた町でしょう？

五郎七　嬉しいねぇ、ご存じですか。アゾフ海に面したなかなかいいところです。その辺りはロシア民謡の宝庫といわれるところだが、バンドが古い歌を知らんのだ。がっかりしたよ。（みんなに）一つ歌うていいかな？

葉子　歌ってくださいおやじ！

五郎七は呟くように、低い声で歌いはじめる。

うれしいうた
かなしいうた
たくさんきいたなかで
忘れられぬ一つのうた
それは仕事のうた

死んだ親が
あとに残す
宝ものはなにか
ちから強く男らしい
それは仕事のうた

みんなが拍手する。

五郎七　革命は人間を昂揚させる。奮起させる。革命直後のボリシェヴィキはヒトの、にんげんの新しい進化を夢みたんだ。人類が主人と奴隷の関係を撤廃して階級のない世の中を創り出したから、やっとにんげんの、ヒトの歴史が始まる。ヒトは地球上に一番遅くやってきた動物だが、これからさらに動物や昆虫のように進化を始めるだろう。どんな進化を始めるのだろうか……と考えた。働く労働大衆の、大工場の旋盤の唸り声、そのリズムがヒトを進化させるだろうと考えたんだ。今から考えると莫迦げているとしてもだ、労働が意気込みに溢れとる。雄大な想像力じゃねぇ。今はどうだい、人間の進化なんて考えとる者は、どこにも居らん。

六郎太　おやじ、太鼓打ちつづけて何万年かたつと、太鼓のリズムに乗って人間が進化を始めるよ。

加奈子　バカね、あと一〇〇年で人類は亡んでしまうというのに！

VI なぎさ亭（宇品）

波止場の五郎七の食堂に太鼓の連中が今日も集っている。五郎七は奥の調理場。
加奈子、葉子、新吉、六郎太。客は居ない。

六郎太 それで加奈ちゃんは由起の保育園に行ってきたのか？
加奈子 その日山村さんが、とにかく一度行って見ることだとおっしゃったでしょう、だから行ったの。
六郎太 葉子さんも行ったのか。
葉子 あたしはまだ。塾の仕事が思ったよりも忙しいの。
六郎太 行くと言っておきながらオレもまだ行けてないんだ。
葉子 どうだった？
加奈子 こどもたちが泥んこで走り廻って、スゴイの、みんなはだし。すっぱだか。どうしてあんなに活き活きしてられるか、ふしぎよ。
葉子 はだし。すっぱだか。
加奈子 足洗い場があるの。山村さんはうまく説明してくれたけど、あたし、とても説明できないわ、山村さんの言った通りよ。保母さんたちがスゴイ。ここはというところにちゃんと居るの。一つだけ言えることはこどもたちの好奇心オーセイなこと。キラキラ眼を輝かせてあたしを見てる。すぐ抱きついてくる子もいたわ。

新吉　保母さんたちが太鼓やりたいというのはわかるとして、憲法の読書会やっているというのは驚きだ。みんな若いんだろう？　若いのにどうして憲法に眼をつけたんだろう？　オレには考えられんよ。

六郎太　だって新ちゃんオレたちもやってるよ工場で。若いよオレたちだって。オレたちの憲法研究会のメンバーみんな若だ。

新吉　六さんは別だ。

六郎太　ハネアガリだと言うんだろオレのこと？

新吉　ハネ上りとは言わんよ。言わんが労働者だもん。

六郎太　労働者？　新ちゃん古いよ。いま、労働者なんてどこにもいないよ、みんなサラリーマンだよ、みんなしあわせを求めている幸福主義だよ。

新吉　始まった。

五郎七が調理場から出てくる。

五郎七　面白そうだな。

六郎太　古いボリシェヴィキ、労働大衆が出てきやがった！

五郎七　革命的労働者、いまはうどん労働者だ。

新吉　五郎七うどんうまいのに、どうして客が来ないんだろう？

五郎七　不景気よ、それにフェリーのお客も減った。

新吉　なんとかしなくては。

五郎七　オレと加奈二人ならやっていける。さっきの話つづけろ。

六郎太　しあわせ主義だから関心を持たんのだよ憲法なんてものに。

葉子　六さんたちは特別よ、一般の人は憲法の研究会なんかやらないわ。教員をやっていてもそんな人なかなかいないのよ。

新吉　漁に出る。カキの養殖をやる。それでオレは手一杯だ。太鼓をやるのが精一杯でよ。ここでおやじの宇品哲学を聴くのが生き甲斐だぜ。

五郎七　そう言われりゃ嬉しいが、新吉のその生き甲斐が、心意気が、太鼓に出る。そうだろうが。ただの趣味で伊達に太鼓やっとるわけじゃなかろうが。

葉子　山村塾では不登校や引っこもりのこどもの……この頃はこどもだけじゃないの、大学生にも引っこもりが多いのよ。そのおかあさんたちが新聞を作っているの。山村塾でおかあさん、そしておとうさんが、生き甲斐を見つけようとしているの。それがワープロじゃないの、じぶんたちで字を書いて、コピーするの。そんな新聞なの。

五郎七　古い話になるが昔はガリ版といってな、トーシャ版で印刷したもんだ。中国共産党のトーショウヘイはガリ版の名手だということじゃった。周恩来やリューショウキといった連中がパリで議論する。みんなパリで勉強しているんだが、トーショウヘイはガリばかり切っておった。あの人もわからん人だ、いいのかわるいのか、さっぱりだ。

六郎太　もうメタンガスはそれでいいよ。憲法の研究会に出てみるとビックリすることばかりだよ。嫌な奴とばっか思うとったマッカーサーが意外にいい奴だったり、シデハラという総理大臣が、総理になる奴なんかもともとアホと思うが、このシデハラが立派な人だったり。

加奈子　風野保育の保母さんたちもそう言ってたわ、六さんがいま言ったようなこと。日本の憲法が明治の頃の自由民権運動のなかで、いろんな人が夢みてきたものだって言ってる。右翼や保守の連中が言うように、マッカーサーが押しつけた憲法なんかじゃないって。

五郎七　いいこと言うなあ！　この憲法、オレたちは若い頃、熱狂的に喜んだよ。

六郎太　天皇制も？

五郎七　ま、それは措いとくとしてだ。

みんな笑う。

五郎七　それは措いとくとして、今の平和憲法をしっかり護らにゃあ。サッカーの試合で若者たちがスタンドに起ち上がって君が代歌っとるんだ。

葉子　そうね、そうよ。

六郎太　トルシエのジャパンが勝ったら、君が代の大合唱だよ。

間

新吉　良ちゃん、今日も抜けられんのか……。

加奈子　熟練工だから。

六郎太　ペシャっとへっこんだの叩き出して元通りにするの、名人芸だって。

葉子　職人で技術だのなんだのを口に出して言う奴は、職人じゃない。技術だの芸だのは、ひそかにじぶんが磨くもので、他人に吹聴する奴はアホだって。

五郎七　そうよなあ……。生き方の心意気がな、新しく創り出すんだ。

六郎太　良平さんも言ってたけど、戦争中には戦争に役立ち、戦争に敗けて平和がくれば平和にも役立つというような技術が、信用できるかということですよ。

葉子　六さんステキ！　宇品開放区、流石《さすが》だわ。
加奈子　決してハネ上がりじゃないわよ。
新吉　波まかせ風まかせの漁師には、よくわからんですな。まるで絵空事の話だから。
六郎太　漁業が波まかせ風まかせだって？　ウソだろう、カキの養殖はどうなるの？　漁業は平和産業、計画経済、生産業になろうとしているんだろう？　波まかせ風まかせなんて、演歌の世界だよ。親子舟、兄弟舟、ウソだろう！
新吉　そういわれれば、そうだなあ。
六郎太　そうなんだよ、平和であることが今日の漁業の技術を保証しているんじゃないの？　戦争になれば役に立たん技術だ。もっと言えば戦争を阻止する技術だ。オレたちは原子力発電は平和を保証しないと考えているよ、地球を破壊するかも知れないんだ、スリーマイルの災害が証明したよ。政府や電力会社がいうようにそんなに安全なものなら、東京のドまん中に、新宿西口に原発を建設するといいんだ。
五郎七　今日の六郎太、真価を発揮しとる。
六郎太　だが言うだけじゃダメ、実際に具体的になにをやるか、でしょう？　オレは太鼓をたたくしかないんだ。
新吉　そうだ、太鼓の技術というところからこの話が出て来たんだった。
六郎太　戦争を阻止する、戦争を防ぐ太鼓ってあるのかなあ。いまオレたちにできるのは、戦争を煽らない太鼓だよ。
葉子　いまあるのは煽る太鼓ばかりよ。

加奈子　ところが六さんは勇壮な、煽るような太鼓やりたいと言ったの。そうよ。
六郎太　（顔をクシャクシャにして）こういうのを矛盾した空間というんだ。その矛盾をオレが生きるわけよ。
加奈子　少うし逃げ、の感じね。
山村、寿美、それに耕治が店に入ってくる。
加奈子　あら、いらっしゃい！
五郎七　やあ。
山村　宇品解放区をお見せしようと、連れて来ました。
加奈子　ここ、矛盾した空間なんです。
寿美　あら、矛盾？　面白そう。あたしたちも矛盾だらけよ。（耕治を指して）うちの宿六ですの。
耕治　風野耕治ですが、こどもたちからは〝なま〟と呼ばれております。
加奈子　なま？
寿美　（笑って）なまはげになってこどもたちをおどかすからです。それも本意気になっておどすので……。
耕治　（笑っている）……。
寿美　（五郎七を〝なま〟に）こちら五郎七さん。
耕治　なまです。
みんな笑う。
山村　五郎七うどん、三つ、お願します。

五郎七　へい。
加奈子　そばもあります、うどんですか？
山村　うどんです。
葉子　（山村に）塾のほういいの？
山村　父母の会に頼んで来たよ。
寿美　もっと早くにお伺いしようと思っていたんですけれど……でも此処《ここ》なのね、山村先生からいろいろお話を。
五郎七　なんの変哲もない、ただのうどん屋です。
寿美　（笑って）みなさん此処で太鼓の打ち合せ、おやりになりますの？
六郎太　太鼓にはうるさいおっさんが今日は来ていません、仕事の手が離せなくて。
葉子　あとは六さん、六郎太さんの一人舞台でした。
加奈子　今日の宇品哲学は五郎七の出番、少なかったの。
山村　（耕治に）保母さんたちの太鼓、もう始められたんですか？
耕治　いや、まだ。みんなぐずですから。（アハハと笑う。大きな声である）始める前に一度、みなさん、宇品の顔が見たくて。
寿美　うちのこどもたちに宇品の太鼓やってほしいですわ。大喜びします、きっと。
耕治　そんなことすると、保母の太鼓形無しだよ。
寿美　いいのよ、こどもたちはいいもの、よくないものを直感的に聴きとりますから。容赦しません。真剣なものにとってても鋭く反応します。驚くほどです。わたしたち、うかうかできません、そりゃ恐ろしい仕事だと思います。保母のほうでちょっとだらけると、こどもたちがざわーっと散らけてしまうのです。だからあたしたちもくたくたなの。
山村　リトミックのあの昂まりに持っていくのは大変でしょうな。
寿美　煽るんです、ピアノで煽るだけ。掛け声もかけます。煽って煽って……もう大変よ。煽っている自分が煽られちゃって、夢中になってしまうんですよ。
葉子　太鼓と一緒にしてはいけないけど、太鼓にもそのようなことがありますの。
寿美　ありますでしょうね。ものをつくるんですものね。

間――

新吉　ものをつくる、そう言いましたね。
寿美　こどもの心の中に常日頃とは違うものを新しく創り出すんですから、太鼓もそうでしょうから。
新吉　なるほどな、そうなんだ。
六郎太　さっき、煽るといいましたね、煽るということですが……。
葉子　この間からその煽るということで、太鼓で問題になりまして。太鼓が戦争を煽るようなことにならないかということなの。
寿美　それ、矛盾なの、大きな矛盾を抱え込んでいます。ミリタリズムに通じてしまいそうだということでしょう？　風野の、わたしたちの保育はその矛盾を抱え込んでいるの。危険なものかもしれません。（間）自由放任主義の戦後教育の中で、こどもからほんとうの自発性といいますか内発性を引き出すにはどうしたらよいか？　こどもを組み敷くということを言った人がいらっしゃいます。わたしどもの先生でもう亡くなっていますが、組み敷いて、その反撥力をこどもから引き出すことを考えたんですが、わたしたちは保育の中でそれをやろうとしているの。ミリタリズムには転んでもならない、自由奔放な野性と……そしてじぶんを超える集中と……ですわ。

間——

寿美　あらあら、此処《ここ》は解放区だわ、どんどん、思わず喋っちゃいました。

加奈子がうどんを運んでくる。

五郎七も出てくる。

加奈子　お待ち遠さま。五郎七うどん。

五郎七　うどんだけじゃなんだと思いましてな、さよりの一夜干しです。軽く炙ってある。

Ⅶ　ある橋の上

夜更けである。
男とその影がくる。

男　夜が更けるとめっきりだなあ人通りがなくなる。自動車ばかりやけに多いが……。
影　あんたにはわからんよ車のことは。あの頃は……ちゅうのは戦時中のことだが、タクシーなんか走っとらんかったからな。
男　川か。広島は川が多い。
影　満ち潮だよ。この川でも人がいっぱいになって死んでいったんだ、あんたにはわからんことだが。ピカッと即死だもんな。
男　この川にいっぱいか……。
影　あんたはこのオレを残してあっちへ逝ってしもうたが、残されたオレはいろんなことを見たよ、あんたにはわからんことを。
男　あんたにはわからん、あんたにはわからんとなんべん言われても、オレにわからんことはどうしようもないよ。
影　そうやろか？
男　そうやろうかと言われてもわからんことはわからんよ。オレはお父っつぁんもおっ母さんも口にせんで、ピカッとだけだもんな。

影　そうやろうか？
男　お前は年寄りになってしもうとるから、おなじことをなんべんも言うようだね。
影　影だけが年取るなんて、このオレも驚いたよ。影も年を取ると昔のまんまじゃのうなるよ。
男　面白いことだ。
影　面白いだけじゃないよ、辛いこともあれば悲しいこともあるよ。
男　そうだろうな。
影　そうだろうななんてのん気なこと言わんことだよ。あっち へ行ったからというてのん気じゃすまされんよ。
男　仕方無かろうもん、責任は負えんよ。
影　そうやろうか？
男　また！

間――

影　……思い出すんだがねぇ……思い出すなんてもんじゃない、憶えとる、灼きつけられたように憶えとる……。ピカで炙り殺されるように死んでいった名前もわからん男が言ったんだよ、死にぎわに口を動かしたのをオレは見たよ。
男　なんと言うた、その男？
影　ピカは差別せん。
男　ピカは差別せん。

影　そう口を動かした。

間――

影　ピカは差別せんかったが生き残った人間は、やっぱり、差別に苦しむ。新しい差別まで産み出す。
男　新しい差別ってなんだ？
影　ピカに遭うた者、きのこ雲を見た者、黒い雨に打たれた者……被爆したものを差別するんだよ。
男　そりゃいかん！　（急に憤る）いかん！
影　なんだ、突然に！
男　お前にはわからんだろうがオレの親父は朝鮮人でおふくろは日本人だったが、オレは差別されて育った。ようやく一人前になって……一人前にはなかなかなれんかったが、そんな差別は無いという新劇の世界に入れて貰うたんだ、やっと差別のないところで生きられるという思いだった。
影　そこで、ピカか。
男　そこで、ピカだ。ピカは差別せんかったよ。
影　そうか、ピカは差別せんかったか。
男　そして人間はやっぱり差別をやめんか。

二人、立ちつくしている――

〈合唱〉おまえの記憶を

合唱隊が登場して歌う。

おまえの記憶を語れ
語ることのできない
おまえの記憶を語れ
薄れていく記憶を
語れ　語り継げ
あたらしいおまえの
物語をつくれ
　抑圧されたものを
　隠蔽されたものを
　忘れ去られたものを
ヒロシマを
ヒロシマを掘りおこせ
ヒロシマを世界にむかって
語れ　語り継げ

Ⅷ　河原

太田川の河川敷。夜。
ゆかた姿の寿美と葉子、加奈子。そして山村。

加奈子　宵待草と月見草はおんなじじゃないんですって。
葉子　あら、そう？
加奈子　これ、宵待草。ほら、違うでしょう？
葉子　ほんとだ。
山村　加奈子さんへビに気をつけろよ。
加奈子　ここの河原、あたしたち太鼓の練習でよく来るの、へビは出ないの、ねぇ葉子さん。
葉子　ここなら誰もうるさいって言わないから。
山村　いつも宇品じゃないんだ。
加奈子　気分を変えようって、良平さんが。あのおやじ、いろんなこと思いつくの。
葉子　いつも顔はむすっとしてるけど気は若いんです。
寿美　(山村に)いいですわ宇品の人たち。
山村　六郎太さんや新吉さんは？
加奈子　そのうち此処《ここ》へやってくるわ、おじいちゃんも。
葉子　おじいちゃんおじいちゃんって……ボリシェヴィキは怒らない？

加奈子　唯物論だもの、怒らないわ。
寿美　面白いわ宇品解放区。
山村　ところでなんです、今日のお話は？
寿美　用事がないと山から降りて来ちゃいけないみたい。
山村　そういうことじゃない。
寿美　うちのなまさんが……
山村　なまさん？　ああ。
寿美　あの人もいろんなこと思いつくんですが、こどもたちのために夏祭りをやろうというんです。
それで葉子先生にご出場してもらえないかというんですけど……
葉子　ご出場？　あたしが何かするの？
寿美　夏祭りまでになにか新しい歌を、こどもたちに教えてほしいんです。
葉子　夏祭り、いつ？
寿美　八月三十一日の夜。
山村　夏の終りか。
寿美　たのしかった夏を送りだすお祭り。お母さんお父さん、それに村の人たちも森にやってきてく
れると思います。
山村　いいなあ、夏を送る祭りか。冬でもないのに〝なまはげ〟が出現するんですか？
寿美　（笑って）たぶん。お客さんたくさんおよびして屋台なんかも出そうと思いますが、あくまでも
こどもたちの祭にしたいの、お客さまに見せるのではなく。

山村　こどもの心に事件を起こすんだ。
寿美　うちのなまもそういうつもりらしいの。
葉子　こどもの心の中に祭りをつくりだすのね、いいわ！　お行儀よく踊ったり歌ったりしてお客さまに見せるのじゃなく。
寿美　そういうつもりです。
加奈子　あたしたちもなにか、じぶんたちのお祭り、つくりたいわね。
寿美　広島の灯籠流しから思いついたんですけど、こどもたち一人一人が灯籠を作って火を灯して、林の中に並べる。それが祭りの始まりで、こんどは一人一人が灯籠を森の奥へ運び去ると祭りの終りで、大人の挨拶、始まりのことばもお終いのことばも、来賓のことばもない、そんな祭りにしたいんですの。こども御輿といっしょに赤ん坊を肩車したお父さんや、抱っこしたお母さんも練り歩きます。それを煽って保母たちの太鼓を打ち鳴らすというのはどうでしょう？
葉子　お祭りにふさわしい歌を、こどもたちの歌をあたし考えるわ！
山村　スゴイもんですなあ風野保育は！
加奈子　あたしたちの宇品太鼓、由起に行こうか！
山村　いや加奈ちゃん、保母さんたちの太鼓にまかせよう、宇品は宇品でなにか祭りを考えようよ、それがいいよ。
加奈子　そうか……そうですね。
山村　ぼくの友人で……友人といっても先輩なんだが、サークル群島ということを言った人がいましてね、その人は水俣の患者の中に入って活動したり、こどもたちで宮沢賢治を読んだり、さまざまの仕事をやったんだが……日本列島をサークル群島にしようと夢みたんだ、日本なんかじゃなくね。ぼくはいま、お祭り群島ということを考えたいですなあ、日本列島がお祭り群島になる。決して観光のためじゃなくね。宇品の解放区、由起のこどもの解放区……解放区群島に日本列島がなる。

加奈子　そうかあ！　山村先生のスゴイ夢ですね。あたしなんか裾まくっちゃって踊るわ！

山村　ぼくに一つ、考えていることがあるんだ……。

加奈子　先生ちょっと待って、その話。みんなが来るわ。来た来た！

六郎太、新吉、そして五郎七が来る。

五郎七　なんだ加奈、兎でも追ってるようだぞ。

加奈子　みんな揃ったわ。

六郎太　先生たちが河原に行っとるというもんで。

新吉が缶ビールを配る。

新吉　ジュースもあるよ。

加奈子　あたし、ビール。

良平　沖縄の宮古にお通りというのがあって、こう……車座になって、泡盛を廻してグイッと飲むんだ。飲む前に、一言ずつ、何か話す、くだらんことでも立派なことでも一人ずつ話す。

新吉　ビールでやりますか。

良平　缶ビールじゃな、泡盛でなくちゃ。

五郎七　それ、モンゴルでもやるんだ、こっちはウォトカだ。

六郎太　オレたちもそのお通りをやろうよ。ヒロシマについてじぶんの思いを一言喋ることにしようよ。

良平　ビールじゃなく。

加奈子　日の丸よ君が代よ、そして歴史修正主義よ！　だったらあたし泡盛でもウォトカでも飲むわ！　おじいちゃんはボリシェヴィキについいてでしょ。

五郎七　青春をして葬らしめよ！

良平　オレらの太鼓、なにか一つ、新しいことをやってみようよ。

六郎太　政府は憲法改正の国民投票を準備しとるんだ。

寿美　ただ一言、いやだと書くのよ！

新吉　六さんは一杯飲んで酔い潰れる。

五郎七　酔い潰れてもこ奴は革命！　と叫ぶんだ。

寿美　いま時革命なんて叫ぶ人めずらしいわよ。

新吉　オレはなんと言うかな。牡蠣よカキよ、今年もうんと大きくなれ！

加奈子　六さん、オレはお嫁さんが欲しいって言ったら、どお？

六郎太　そんなこと言うもんか！

葉子　なあに六郎太さん、顔がクシャクシャよ。

加奈子　あ、そうだ。山村先生になにか考えがあるらしいの、今、それを聞こうとしていたところよ。

山村　いや、改まって言うことないんですがね、流れ星が……獅子座の流星群がやってくるというんです。やってくるといってもこっちが、地球がそこへ入って行くんだが……

新吉　地球がそこへ、獅子座の中に入っていくんですか？

山村　いや、テンペル・タットル彗星がまき散らした宇宙塵の中に地球の軌道がさしかかるんです。ちょうど獅子座の辺りから雨のように流星が降ることになる。
加奈子　（空を見上げて）どれ、獅子座？
山村　東を向いて、大きな星がある、あれは木星だ。それから下の方へ……あれが獅子座です。
五郎七　オレは獅子座だよ八月生れだ。
葉子　あら、あたしもよ。
加奈子　あたしは乙女座、オトメチック。
六郎太　加奈ちゃんなんか蠍座だ、いつもオレを刺す。
加奈子　（山村に）先生、それ、何時頃ですの？
山村　たしか午前三時頃がピークなんだ。獅子座流星群は周期三三年に一度といわれとったが、去年もそうだが今年もくるんだそうだよ。
寿美　カニズバーグにそんな童話がありましてよ。カニズバーグはアメリカの童話作家だけど、ニューヨークのセントラル・パークにおばあさんと孫が獅子座の流星群を見に出かけるんだけど、急に雲がひろがってなんにも見えない。孫は泣くんです。なにを泣いているのとおばあさんが言います。だってぼくは三三年たったらも一度見れるけど、おばあちゃんはダメだから。するとおばあちゃんが孫の頭をパチンとたたくんです。

みんなが笑う。

葉子　寿美先生。
寿美　先生はないですよ。

葉子　あたし心配なんです。風野保育であんなに活き活き伸び伸びと育った子が、町の小学校に進むでしょう、するとたちまち登校拒否になってしまうんじゃないかしら？　どうお思いになってます？

寿美　知りませんそんなこと。どうなるかわからないけど……（間）中学でも高校でも、そして大学に行ったって、あたしたちと一緒につくったものは消えないと思う、このことは信念なのあたしたちの。この信念なくて保育はやれないわ。こどもの魂の中にあたしたちはつくり出したいのよ、世の中にうち克ってゆけるものを。

葉子　スゴイわ先生！（抱きつく）

葉子は袂から一枚の楽譜を取り出す。

葉子　あたし、ヴァレリィの詩にこんな曲をつけましたのよ。

（歌う）

祝祭が了った跡には
何物も残ってはならぬ
ただ　かの灰と
踏みにじられた花飾りと

Ⅸ　夜の平和公園

夜空がひろがっている。
獅子座の一等星レグルスが輝いている。その近く放射点から流星が四方八方に飛ぶ――
宇品太鼓連の太鼓が打ち鳴らされる。
六郎太が叫ぶ。

六郎太　オレたちの夢が四方八方へ飛ぶ！

原爆ドームの鉄骨がくろぐろと浮かぶ。
五郎七、山村、寿美、耕治が獅子座流星雨を見上げている。
太鼓が高潮していく。

――終――

ヒロシマの夜打つ太鼓
【初演】　広渡常敏演出
広島月旺会　二〇〇二年八月十日〜十一日　広島市南区民文化センター
東京演劇アンサンブル　二〇〇三年八月二十九日〜九月六日　ブレヒトの芝居小屋

あとがき

演出はするが戯曲は書かない、という演出家が大勢いますが、ぼくは本を書かないのはダメだと思っています。書くということは、演劇という空間をつくりだすことになると思っているからです。だから、無理して、努力してぼくは戯曲を書いています。ここにその三篇を収めました。

二〇〇五年十一月一日

広渡　常敏

広渡常敏（ひろわたりつねとし）

1927年福岡生。1946年以来、学生演劇から劇団俳優座演出部、東映東京撮影所助監督を経て、1954年劇団三期会に参加し、現在東京演劇アンサンブルの代表者。1977年以来、「ブレヒトの芝居小屋」と名づけた小劇場で日本におけるスタニスラフスキーの既成化された演劇論を批判、超克を追求する。ブレヒト演劇の第一人者。現代演劇の前衛的歩みを続けている。1967年、芸術選奨第一回新人賞受賞。

著書に、演劇論集『稽古場の手帖』、戯曲・演劇論集『夜の空を翔ける』（いずれも三一書房）、演劇論集『ナイーヴな世界へ』（影書房）がある。

主な演出作品：『明日を紡ぐ娘たち』集団創作，『海鳴りの底から』堀田善衛，『蛙昇天』『オットーと呼ばれる日本人』『沖縄』『おんにょろ盛衰記』木下順二，『奇蹟の人』W・ギブスン，『かもめ』A・チェーホフ，『銀河鉄道の夜』『風の又三郎』『グスコーブドリの伝記』宮澤賢治，『桜の森の満開の下』坂口安吾，『テンペスト』W・シェイクスピア，『ガリレイの生涯』『コミューンの日々』『セチュアンの善人』『男は男だ』『都会のジャングル』『コーカサスの白墨の輪』B・ブレヒト，『常陸坊海尊』秋元松代，『鳥の女』『蜃気楼の見える町』『ヒロシマの夜打つ太鼓』広渡常敏

ヒロシマの夜《よる》打《う》つ太鼓《たいこ》

二〇〇五年一一月二四日　初版第一刷

著者　広渡常敏《ひろわたりつねとし》

発行所　株式会社　影書房

発行者　松本昌次

〒114-0015　東京都北区中里三―四―五

ヒルサイドハウス一〇一

電話　〇三（五九〇七）六七五五

FAX　〇三（五九〇七）六七五六

E-mail : kageshobou@md.neweb.ne.jp

http://www.kageshobo.co.jp/

〒振替　〇〇一七〇―四―八五〇七八

本文印刷＝新栄堂

装本印刷＝広陵

製本＝美行製本

定価　二、〇〇〇円＋税

ISBN4-87714-322-X C0074